Back space
UWASA NO GAKUEN-ICHI BISHOUJO
NA SENPAI GA
MOB NO ORE NI HORETERUTTE
KORE NANNO BUG DESUKA?
Enter
JN230820
せいで、誰からも話しかけられ
ず孤立しているが、彼女自身は
特に気にしていない。
噂の学園一
美少女な先輩が
モブの俺に
惚れてるって、これなんのバグですか？

「鷹野くん……
鷹野祐くん、なのね？」

鷹野祐
［たかの　たすく］
愛帝学園の1年生。その他大勢《モブ》を自称し、極力目立つ行動を避けて学園生活を送っている。
「……鷹野くん！
鷹野くん！！」

「祐の代わりに怒ったあたしがバカってこと？」

西村理乃

[にしむら りの]

愛帝学園の１年生。祐の幼なじみでロリ巨乳。大人しくなった祐のことをいつも気にかけている。

嵯峨野亜弥
[さがの あや]
愛帝学園の1年生。コンピュータ部の部室に生息している。ちょくちょく顔を出す祐と話すのが密かな楽しみ。
「ちーす、タカノー。どしたー?」

「もうちょっとだけ……一緒にいたかったかかな」
「俺が……俺がなんとかします」

「力なき正義は無力だ」
鴻上 [こうがみ]
サイバーセキュリティに詳しい青年。マトの古くからの知り合いらしい。

CONTENTS

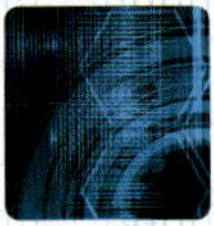
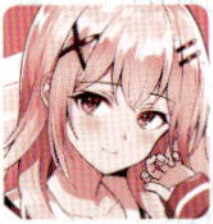
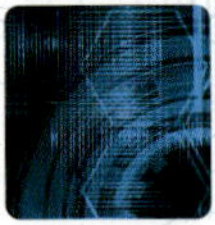
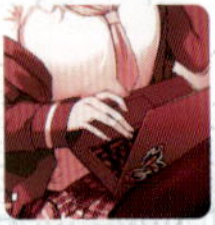
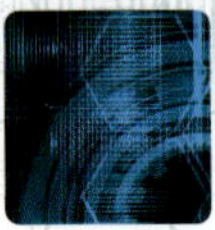

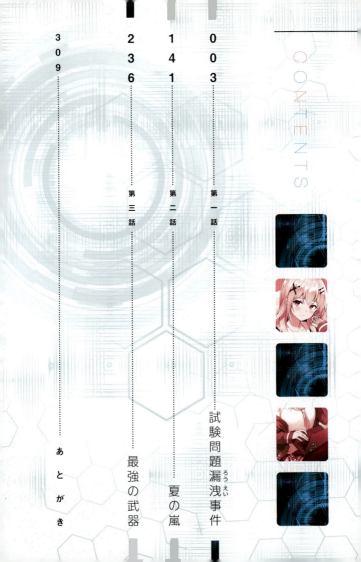

噂の学園一美少女な先輩がモブの俺に惚れてるって、これなんのバグですか？

瓜生聖

角川スニーカー文庫

21587

口絵・本文イラスト／西沢5《ミリ》

口絵・本文デザイン／AFTERGLOW

第一話　試験問題漏洩《ろうえい》事件

1

美少女は勝ち組だ。

人間中身が大事なんだから外見なんて関係ない、と言う人もいるけれど、それを聞いて「よし、外見は気にしないぞ」なんて感情や嗜好《しこう》をスイッチできるわけもない。大抵の人の場合、美少女に対する好感度はプラス補正される。美しければ美しいほど、その補正値は大きい。

だから、美少女は人気は高いし、人気があるから影響力も強い。その友人もそんな美少女にふさわしいツワモノばかりになり、カースト が形作られる。

でも、度が過ぎた美少女はそうはならない。

会話なんてのは大部分は同じカーストの中で発生する。まれに上位カーストから下位カーストに話しかけることはあっても、その逆はまずない。だから、最上位カーストが話しかけられないほどの美少女は、誰からも話しかけられない。近づくことすら躊躇《ちゅうちょ》される。

衣川《ころもがわ》マト先輩はそういう孤高の美少女だった。

小さな顔にぱっちりとした大きな瞳《ひとみ》、愛らしくつん、とした鼻、肌理《きめ》の細かい白い肌、手足の長い、ほっそりとしたプロポーション——どれか一つだけでも絶賛されるようなものを、衣川マト先輩はすべて持っていた。

おまけに——腰まである長い髪は艶《つや》やかな銀色で、つり目がちな瞳は翠色《みどり》だった。

当然、目立ちまくる。俺たちがこの愛帝《あいてい》学園に入学した日、最初に教室で持ち上がった話題はどのクラスも「あの銀髪の先輩、何者?」だったくらいだ。

それくらい目立つ容貌《ようぼう》だから意識しなくても目につくのだけれど、俺が知る限り、衣川マト先輩はいつも一人だった。体育の時間もみんなから少し離れてぽつん、と立っているし、廊下を歩いているときも、朝礼から戻るときも、登下校のときもそうだった。

孤高のクールビューティ、衣川マト先輩。

だから、俺は今の状況がまったく理解できない。

俺はなぜ、衣川マト先輩に押し倒されているんだ?

2

話は体育の前の休み時間に遡《さかのぼ》る。

二限が終わってすぐ、クラスメイトから「担任が呼んでる」と言われて職員室に行ったものの、そこに担任の姿はなかった。休み時間が終わる頃にようやく戻ってきた担任は俺の姿を見ると「誰……じゃなくて、なんだっけ？」と言い放った。

誤魔化したつもりでしょうけど、聞こえてますよ、先生。

「先生が呼んでるって言われたので」

「んー、呼んでないと思うけどなあ……あ、高橋《たかはし》を呼んで、とは頼んだから、もしかしたらそいつが、えーと、高田《たかだ》？　と勘違いしたのかも」

俺は高田じゃなくて鷹野《たかの》、鷹野祐《たすく》ですけどね。

結局、無駄に休み時間をつぶしただけの俺は、急いで体操服に着替えて昇降口から飛び出した。

今日の体育はクラス対抗で試合形式のサッカーだ。自分が戦力だとは思っていないけれど、先週の「クラス間で人数合わせとかしないからな、サボったら友達に恨まれるぞ」という体育教師の警告があった手前、試合に遅れるわけにはいかない。

試合はすでに始まっていた。

「すいません、遅れました」

審判をしている鈴木《すずき》先生に声をかけたけれども、気づきもしない。

「あの……」

「おらぁっ、サイドあがらんか！　そっちノーマークじゃねえか！」

両チームに怒声を飛ばしながらグラウンドを走り回る体育教師。その後ろを追いかける俺という間抜けなざま。俺は諦《あきら》めてコートの外に出た。

ま、いいか。

どうせ誰も気づいていない。文句を言うヤツもいないだろう。俺は更衣室に引き返し、制服に着替えると一—Bの教室に戻った。

教室に入ろうとした瞬間、突然引き戸が勢いよく開いた。

突然のことに足が絡まり、思わず尻餅《しりもち》をつく。

「いてて……す、すいません」

見上げた先にいたのは妖精《ようせい》だった。

日の光をまとい、細く艶やかな銀髪がふわりと舞う。シルバーアッシュの柳眉《りゅうび》の下はぱっちりとした大きな翠眼で、真っ白な肌は白磁のようにつるつるだ。

学年の違う俺でも知っている銀髪の美少女――衣川先輩だった。

遠くから見るのとは全然違う美の暴力をまともに受け、俺はただただ、呆然《ぼうぜん》と見つめるだけだった。目を離すこともできない。もしかしたら呼吸も忘れていたかもしれない。

衣川先輩は氷のように冷たい目で俺を見下ろしていたけれど、ふと俺の胸元のネームに目線を向けると驚いたように目を見開いた。そして教室の「一―B」と書かれたプレートを見上げ、震える声で言った。

「鷹野……たすく？」

「は、はい」

俺はちょっと驚きつつ答えた。大抵の人は俺の名前、祐を「ゆう」と読む。

衣川先輩の手で覆った口から「うそ……」という言葉が漏れる。翠色の大きな瞳が揺れ、白い頬にじわりと赤みがさした。

衣川先輩は膝《ひざ》をつくとおずおずと俺に手を伸ばした。

「鷹野くん……鷹野祐くん、なのね？」

「そうですけど……」

突然、衣川先輩は俺を抱きしめた。

「ちょ、ちょっと衣川先輩!?」

「鷹野くん……鷹野くん！　鷹野くん！」

なんなんだ一体。

なぜ、俺は初めて話したばかりの学園一の美少女に抱きしめられている？

衣川先輩は俺の名前を何度も何度も繰り返して、俺の首に回した腕に力を込めた。押しつけられる柔らかい体と、耳元に感じる甘く熱い吐息に心拍数が跳ね上がる。

「あ、あの、どうしたんですか？」

衣川先輩はようやく腕の力を緩めると、そっと体を離した。無言のまま、その美しい銀髪を耳にかけると真っ赤に染まった頰が露《あら》わになった。

「そ、その……」

なにかを言いかけては、ためらうように口をつぐむ。俺と目が合うと、衣川先輩は赤い顔で目を逸《そ》らした。まるで恥ずかしがっているかのような仕草に、なんだか俺まで頰が熱い。

「ごめんなさい！」

衣川先輩は突然立ち上がると、ばっと両手で顔を覆って走り去っていった。

なんだったんだ、今の……。

俺は上体を起こし、そして、そこに落ちているモノに気づいた。

それは小さなＵＳＢメモリだった。

3

昼休み。

教室の自席で一人、弁当を食べながら俺は衣川先輩のことを思い出していた。思い出していた、というか、勝手に湧いてくるというか、どうにも頭から離れそうにない。

遠くで見かける衣川先輩は美少女だけれど、近くで見る衣川先輩は度を過ぎた超美少女だった。初めて間近で見た俺は「近寄りがたい美少女」というものが概念ではなく実在することを知った。

そんな衣川先輩に抱きしめられたなんて、今もってまったく実感がもてない。さっきから今日の出来事を一つ一つ遡って、どこから夢だったのか思い返しているのだけれど、どうも現実であることを否定できない。信じがたいけれどきっと現実なんだろう。

そのとき、目の前の弁当がいきなり跳ねた。

「うわっ」

テニスボールをもてあそんでいた男子生徒の手元が狂ったようだ。直撃を受けた俺の弁当は無残に床に落ちていた。

「悪《わり》ィ悪ィ、ごめんな」

男子生徒は机に座ったまま、片手で手刀を切る。

「ああ、うん。大丈夫」

俺は笑って席を立ち、ボールを返すと落ちた弁当を片付け始めた。

「ちょっとあんたたち、ひどいんじゃないの？」

ガタン、と音を立てて立ち上がったのは百四十センチそこその小さな女の子、西村理《にしむらり》乃《の》だった。中学生どころか小学生に間違えられそうな童顔で、くりくりした目元には二つ連なった泣きぼくろがある。理乃は腰に手を当て、背と不釣り合いな大きな胸を張って抗議した。

「だから謝ったじゃねえか」

「謝るだけで済ますのおかしくない？　って言ってんのよ」

「いいよいいよ、理乃。大丈夫だから」

俺は慌てて理乃をなだめる。

「ほら、鷹野だっていいって言ってるじゃねえか」

「そんなわけないでしょ。あんたのせいでお弁当ひっくり返されちゃったんだから、せめて片付けとお昼代を出すくらいはしなさいよ」

「大丈夫だよ、理乃。もう片付けは終わったし、今日はどうせ食欲なかったから」

「ほら見ろ。西村が口出ししてややこしくしてんだよ」

勝ち誇ったような様子の男子生徒に、理乃が口を尖《とが》らせる。

「理乃、ほんと大丈夫だから。俺は全然怒ってないし」

「じゃあ祐の代わりに怒ったあたしがバカってこと？」

理乃は俺をむぅっとしたふくれ面で睨《にら》み付ける。怒ってるのはわかるけど、くりくりした瞳が可愛くて全然迫力がない。男子生徒の方はと言えば、もうとっくにこの話は終わったとばかりに友達とだべり始めていた。

「ごめんな、理乃」

「ばっかみたい」

理乃はぷいっと背中を向けて席に戻った。理乃と机を合わせている女子生徒たちが「ほっときなよ」と言っているのが聞こえてくる。

俺は気まずくなって、残飯と化した弁当をしまうと教室を出た。

別に行くところがあるわけでもない。図書室ででも時間をつぶすか、とポケットに手を突っ込むと、小さななにかに手が当たった。

それは、衣川先輩の後に残されていたＵＳＢメモリだった。

ちょうどいい。これの中身を確認しておくか。

俺はコンピュータ部の部室に向かった。


「お邪魔しまーす」

声をかけながら引き戸を開けると、モニタの陰からペンギンの頭がひょこっと現れた。

「ちーす、タカノー。珍しいなー」

「よ、亜弥《あや》」

顔の半分を覆っていたパーカーのペンギン型フードを後ろにずらすと、眠そうな眼鏡の笑顔が露わになった。嵯峨野《さがの》亜弥とは中学のときにゲームセンターで知り合って以来の付き合いだ。女性を感じさせないプロポーションと性格のせいか、俺にとっては数少ない、話しやすい女の子だ。

「お前、ほんとここが好きだな」

昼休みだからか、ＰＣの並んだ部室に他の部員は見当たらない。

「ゲーム禁止になって先輩方は部活に出てこなくなっちゃったけどなー。どしたー？」

「ちょうどよかった」

俺はポケットを探ると、ＵＳＢメモリを取り出した。

「ちょっと、これの中身見せてもらいたいんだけど」

「何これー」

「拾った」

「ふぅん」

亜弥はパーカーの長い袖《そで》の上からUSBメモリを受け取ると、ポケットから小さなアーミーナイフを取り出し、慣れた手つきでガワを開いた。

「いや、中身ってそういう意味じゃなくって……」

「あー、やっぱりそうだー。Ｐｈｉｓｏｎの二三〇七だー」

どういうボケだよ、と思ったけど、亜弥は思いのほか真面目な顔で言う。

「よく分かんないけど、それがどうかしたのか？」

「これ自体がどう、てわけじゃないけどなー。拾ったUSBメモリのチップがコレだって言うんなら、やばい可能性が高いなー」

どうにも回りくどい言い方で分かりにくい。厳密さを求めるプログラマの性《さが》なんだろうか。

「Ｐｈｉｓｏｎの二三〇七にはファームウェアを書き換えるためのツールが出てるー。Ｐｓｙｃｈｓｏｎって言ってなー、元々は二三〇三用だったんだけどー」

「ちょ、ちょっと待ってくれ。つまりその、ファームウェア？　ってのを書き換えるとどうなるんだ？」

「デバイスクラスを偽装できるー」

「俺にもわかるように言ってくれ」

「ＵＳＢデバイスの挙動をエミュレートできるー」

「俺にもわかるように言ってくれ」

亜弥は話し足りなそうにしながらも、言葉を選ぶように言った。

「ＰＣを乗っ取れるー」

「まじか」

4

コンピュータ部の部室を後にした俺は、その足で衣川先輩の二－Ｂの教室に向かった。

結局、亜弥はUSBメモリになんのファイルが入っているのかを見せてくれなかったけれど、そこまで中身が見たいわけでもない。もしかしたら、衣川先輩に関するなにかが入っていたりするかも、くらいの軽い気持ちだった。

それより、これを返すという口実で衣川先輩と話す機会を作る方がいい。抱きしめてくるくらいだし、控えめに言っても俺に対して悪い印象は持っていないはずだ。もしかしたら俺のことを好きなのかもしれない。抱き付き魔でもない限り、きっとそう。

そうだよな。普通に考えてそうだよな。

もしかして、なにかここでこの平凡な学生生活を一変させる、大逆転的ななんかが起こっちゃったりするかも——反応が変わったのが俺の名前を知ってから、というところはちょっと気になるけど。

「すいません、衣川先輩いますか」

俺はちょうど出てきた三人の女子生徒に声をかけた。

「衣川さん？　いないよ」

真ん中の女子生徒がうんざりしたように答える。

「どうせ体育館横の行き止まりだから順番待ちしてたら？」

「はぁ……」

順番待ちってなんのことだろう。

俺はよく意味がわからないまま、体育館横に向かった。

体育館の隣には武道場があり、その間に細い路地裏のような空き地がある。覗《のぞ》き込むとそこに向かい合う衣川先輩と男子生徒が見えた。衣川先輩は退屈そうに髪の毛をくるくるいじりながら目を背けている。

「衣川さん、やっぱり俺は諦《あきら》めきれないよ」

男子生徒のバリトンが響く。背を向けていて顔はわからないけれど、その特徴的な「いい声」には聞き覚えがあった。たぶん、三年の生徒会長だ。

「好きだ。付き合ってくれ」

直球の告白に思わず身を隠す。やべえ、すげぇところに出くわしちゃったよ。

ひょっとして「順番待ち」ってこのことか？　俺が告白すると思われたのか。

「付き合うって？　なんで？」

刺々《とげとげ》しい口調の衣川先輩の声が聞こえてくる。

「俺と付き合ったらきっと、俺のことを好きになるよ。そうなるように努力する」

「付き合うと、相手に好きになってもらえるってこと？」

「ああ、約束する」

「付き合うって、どういうことするの？」

「例えば……一緒に帰ったり、マックとかサイゼに寄り道したり、二人でプリクラ撮ったりカラオケ行ったり、いろんな楽しいことしたりして……」

「……」

沈黙が続く。見ると、衣川先輩はうっとりとした様子で視線を虚空に向けていた。

「一緒に帰ったり、寄り道したり……素敵ね」

「じゃあ！」

生徒会長の弾んだ声が聞こえ、俺はたまらずその場を離れた。

その他大勢《モブ》に過ぎない俺が学園一の美少女と付き合えるわけないから、別になんとも思わない。絶対、思ってない。

そう自分に言い聞かせながらも、なぜか俺は失恋したような気分だった。

5

下校前のホームルーム。

俺は、担任教師の話を聞き流しながら考え事をしていた。

学園一のクールビューティ、衣川マト先輩、か――。

確かに、衣川先輩の態度には他人を寄せ付けない冷たさがある。それが鋭利な刃物のような、シャープな美しさであることもわかる。

でも、それだけじゃない。

俺に抱き付いてきたときに感じた柔らかさ、熱い吐息混じりの声、朱が差した頰――そこには生身の人間の温かさがあった。いつも見かける、クールな表情だけだったらこんなに心を乱されることもなかったかもしれない。これからはあの温かみは生徒会長だけに向けられるのだと思うと、なんだかやりきれない気持ちになった。

担任教師は教卓で書類をとんとん、とまとめながら最後に付け足すように言った。

「それから、中間試験の問題が漏洩《ろうえい》している、という噂が流れているらしいが、そんなデマには踊らされたりしないように。もし、そういう噂を聞いたら先生に知らせてくれ」

試験問題の漏洩……？

教室のざわめきが一瞬、水を打ったように消える。みんな教師の言葉とは裏腹に、それがデマではなさそうだ、と察したのだろう。ほんとにデマなら報告する必要なんかない。

しかし、漏洩なんて試験問題を管理している教師側の問題だろうに……。

下校の時刻になり、校門へと歩いていた俺は、前を歩いている男が生徒会長であることに気づいた。生徒会長だったら生徒会の仕事で毎日最終下校時刻まで残っている、という印象があったからちょっと意外だった。普段なら帰宅部の俺と同じ時刻になることはない。

生徒会長は持っていた鞄《かばん》を肩に担《かつ》ぐと、校門の方に軽く右手を挙げた。

そこには門柱に背を預け、スマートフォンを手に人待ち顔で立っている衣川先輩の姿があった。

なるほど、そういうことか。

衣川先輩はぱぁっと表情を明るくしたかと思うと、すっと表情を消すように澄ました顔で駆け寄ってくる。

「え、うそ」「まじで」「きゃあっ」

周りの女子生徒たちの黄色い声がさざ波のように巻き起こった。

「待たせちゃったか、ごめんなマト」

「あのっ、一緒に帰ってくれませんか！」

「えっ」「えっ」「えっ」「ええっ!?」

あっけにとられる生徒たち。ちなみに最後で一番驚いているのは衣川先輩の目の前にいる俺。

後ろを振り返っても、周りを見回しても、衣川先輩の話しかけた相手らしき人はいない。衣川先輩の後ろに顔を強《こわ》ばらせた生徒会長がいるだけだ。

「えっと、その、俺、ですか？」

「おいおい、そんな意地悪な冗談するなって。彼が舞い上がっちゃうだろ」

やれやれ、といった様子で生徒会長が衣川先輩に声をかける。

「だよね」「びっくりしたー」「悲惨ー」

あはは、と笑みを浮かべる。ちょっと胸が痛いけど、みんなが笑ってるし、雰囲気を壊しちゃいけない。

「行こ、鷹野くん」

「やりすぎだって、マト。ほら、彼もどんな顔すればいいか困ってるじゃないか。悪いな、キミ。マトには後で俺から叱っておくから」

俺に手を差し出した衣川先輩を、生徒会長が制するように間に入る。

衣川先輩は生徒会長を振り返って言った。

「誰ですか？」

氷のように冷たい口調だった。

一瞬怯《ひる》んだものの、気を取り直して生徒会長が言う。

「おいおい、今度は俺に対する冗談か？　付き合い始めて早々にやきもち焼かせる作戦かい？」

「……誰ですか？」

衣川先輩の柳眉《りゅうび》が眉間《みけん》に寄る。誰がどう見ても冗談ではない、素の反応だった。

生徒会長の表情が口角を上げたまま固まる。

「昼休みに俺たち付き合うことになったじゃないか。冗談もやりすぎると笑えないぞ」

「昼休み……ああ、付き合ったらなにをするのか教えてくれた人ね。あれはとっても参考になったわ。誰かは知らないけれど、ありがと」

「誰かは知らないって……」

「似たような人ばっかりで覚えてられないもの……ごめんね、鷹野くん。待たせちゃって」

「おい。本気でこの冴《さ》えないヤツと一緒に帰るつもりか？」

生徒会長は俺を指さし、怒気を含んだ声で衣川先輩を問い詰める。

「冴えない？　鷹野くんが？」

衣川先輩は本気でびっくりした様子で訊《き》き返した。

「なに言ってるのか、訳が分からないわ。なにかの冗談なの？」

「……訳が分かんねえのはこっちだよ」

ぽつりとこぼす生徒会長。二人のやりとりを聞いていた全員の思いが一つになった瞬間だった――俺も含めて。

「さ、行きましょ、鷹野くん。マックやサイゼに」

マックもサイゼも意味を分かってなさそうな衣川先輩は、俺の手を引いて学校を後にした。


下校する生徒たちであふれかえる通学路は異様な雰囲気に包まれていた。

誰もがこちらを振り返り、そして信じられないものを見るように俺と衣川先輩を遠巻きにしている。二度見、三度見当たり前だ。

「ありえねえ」「あんな冴えないヤツがどうして」「男の趣味悪い？」「弱みを握られてるとか？」「弟なんじゃない？」「あんな冴えない弟がいるわけないでしょ」

……みんな、冴えない冴えない言い過ぎじゃないですかね。

衣川先輩はそんなひそひそ話を気にする様子もなく、揃えた両手で通学鞄を提げ、ぴったり俺の隣を歩いている。

今のこの時間が楽しいか、と言われたら正直微妙だ。歩いているだけでものすごい視線を感じるし、どんな話題を切り出せばいいのかさっぱり分からない。俺は衣川先輩に話しかけることもできず、ただ黙々と歩き続けた。

恐る恐る衣川先輩の横顔を盗み見ると、そのさくらんぼのような艶《つや》やかな唇は少し開いていて、幸せそうな笑みが浮かんでいた。

やっぱり笑顔がめちゃくちゃ可愛い。無表情な、澄ましたいつもの顔が精密な「美」だとすれば、表情を崩した笑顔は「可憐《かれん》」だった。

そうだった。

手持ち無沙汰《ぶさた》でポケットに突っ込んだ手になにかが当たった。

「あの、衣川先輩」

「なに？」

衣川先輩は食い気味に振り返る。

「これ、衣川先輩のですか？」

俺はそう言ってＵＳＢメモリを渡す。衣川先輩はそれを見るとあたふたとスカートのポケットを探った。

「ありがとう、確かに私のだわ……それでその、鷹野くんはその中を見た？」

もじもじと上目遣いで衣川先輩が訊《たず》ねる。確かに中は見たけど、きっとそういう意味じやない。

「いえ、見てないです」

「そう。よかった」

衣川先輩はほっとした様子でＵＳＢメモリをポケットにしまう。

「あ、あのっ」

「？　なに？」

「そ、そのＵＳＢメモリ、使わない方がいいです」

「どうして？」

衣川先輩はきょとん、として首を傾げる。

「ＰＣを乗っ取られてしまうかもしれないです」

「えっ」

衣川先輩は驚いたように声を漏らす。そりゃそうだろう、にわかには信じがたい話だ。

「驚いた。さすがね。でも大丈夫よ、これは私のだから」

「そうですか……ならいいんですけど」

でも、どうして衣川先輩のだったら大丈夫なんだろう。

ＵＳＢメモリを返してしまうと、また話題がなくなった。面白い話の一つもできずに、「退屈なヤツ」と衣川先輩に嫌な思いをさせるのが怖い。

そろそろ駅に着いてしまう。

なにかしゃべらないと。なにかしゃべらないと失望させてしまう。

衣川先輩がなぜ、こんなその他大勢《モブ》に過ぎない俺にそんなに好意――でいいんだよな――を持ってくれているのか、まるで見当がつかない。なぜ好かれているのか分からないから、なにかの拍子に嫌われてしまうかもしれない。あの、恐ろしく冷たい目と口調で「そんな人だとは思わなかった」なんて、言われたら心臓が縮み上がる。

だからといって「俺のどこが好きなんですか」なんて、訊けるわけがない。そもそも告白されたわけでもないのに、学園一の美少女にそんなこと訊くなんて痛いにもほどがある。

やっぱり、踏み込まないのが一番なんだろう。何億円だかの宝くじが当たったばっかりに破産した人もいっぱいいると言うし、俺に学園一の美少女は過ぎたる人だ。

俺は意を決して切り出した。

「衣川先輩――実はその、今日はちょっと用がありまして」

その言葉を聞いた衣川先輩は「えっ」と絶句して、それからしゅん、と俯《うつむ》いた。銀髪がはらりと顔にかかる。

「それでそのー、ちょっと付き合ってもらえます？」

そのあまりにしょげた様子に、思わずそんなことを口走る。すると衣川先輩はぱぁぁっと表情を明るくして「うん！」と弾んだ声で返した。

大丈夫だよな、これ。「付き合う」って言葉、勘違いされてないよな？

電車に乗り、三つ先の駅で降りると衣川先輩が唐突に訊ねてきた。

「ねえ、あれは何をしているのかしら？」

その指さす先には小さな公園があって、目深にかぶったキャップとマスクで顔を隠したジャージ姿の女の子が踊っている。

中学生、いや小学生か。耳にワイヤレスイヤホンを付けていて、どんな曲で踊っているのかは分からないけれども、俺から見てもそのダンスは素人《しろうと》のレベルではなかった。くるりと回転するたびにキャップから飛び出た黒髪のポニーテールが軽やかに舞う。

「ダンスの練習みたいですね。キレッキレだなぁ」

「なんのために？」

「趣味なんじゃないですか？　ユーチューブでも踊ってみた、ってよくありますし」

「趣味？　じゃあ、あれは誰に強制されているわけでもなくて、お金になるわけでもないってことなの？」

そんなこと知るわけがない。

「なにかの大会を目指しているのかもしれないですし、ただ単に踊るのが好きなだけかもしれません。分かんないです」

「ふぅん。大会って賞金が出るの？」

「だからその、分かんないです。学校対抗みたいな大会だと出ないでしょうし、一般向けだと出るかもしれないですし」

「ああ、じゃあそういう賞金狙いなのね」

分かんないって言ってるのに、衣川先輩はなんだか納得したようだった。面倒くさくなってそれ以上は口を挟まなかった。

それにしても、どこかで見たような雰囲気のある小学生だったな。

アニメショップで新刊のラノベを買うと、俺たちは来た道を戻って駅に向かった。公園に差し掛かったところで、うちの制服を着た女子高生にぶつかりそうになった。

「ご、ごめんなさい！」

「いや、こちらこそ……あ？」

「？　祐？　と……え、あ、衣川先輩？」

その女子高生は理乃だった。理乃はただでさえ大きな瞳《ひとみ》をさらに見開いて俺と衣川先輩を見つめた。

「なんで祐と衣川先輩が一緒にいるの？」

「あーいや、ちょっと、というか、たまたまというか」

「こんなところに一緒に来るのがたまたま？」

理乃は半眼で俺を問い詰める。衣川先輩は、

「鷹野くんが買い物に付き合わせてくれたの」

と、なぜかちょっと誇らしげに答える。なんだかすごく居心地が悪い。すいません、衣川先輩。俺はそんな、買い物に付き合うことを自慢できるような立派なヤツじゃないんですよ……。

「あんたなに考えてんのよ。ごめんなさい、衣川先輩。なんでそんなことになったか分かんないですけど、どうせろくに面白い話もできなくって退屈だったでしょ、祐といても」

なんで理乃が謝るんだよ。まあ、ぐうの音も出ませんけど！

「ううん、とても幸せな時間だったわ。付き合うってこういうことだったのね」

「「つ、付き合う⁉」」

俺と理乃がハモる。俺もびっくりだ。

「ちょ、ちょっと待ってください。あの、お二人は付き合ってるんですか？」

「ううん、違うわ。だって……そんな畏《おそ》れ多いことできないもの」

なんか理由おかしくないですかね。

「でも……いつかそうなったらいいと思う」

衣川先輩は照れくさそうに、もじもじと小さい声で言う。その様子に反比例するかのように理乃の目つきが険しくなる。

「好みは人それぞれだとは思いますけどね、衣川先輩。幼なじみでずっと昔から知っていて、お互いに祐、理乃と呼び合う関係のあたしから言わせてもらえれば、今の祐はつまんないヤツですよ。普通の人に分かるような良さなんて、皆無ですからね」

なんだかすごく説明くさいセリフを吐く理乃。

「幼なじみでも分からない良さを私だけが知ってるってことは、ひょっとして世界で一番、鷹野く……祐のことに詳しいのは私なんじゃないかしら」

むちゃくちゃポジティブだな、この人。

「ふ、ふん。あたしは祐の悪いところもたくさん知ってますけどね。良いところしか知らない人は長続きしないものですよ」

「祐に悪いところ……？　あ、ひょっとして欠点のないことが欠点、てやつ？」

「ちっがーう！」

理乃がぽすぽす、と地団駄を踏む。四十キロもない理乃だとどうにも迫力に欠けて、地団駄というよりはダンスのステップみたいだけど。

あれ？

俺はさっき踊っていた女の子の既視感の正体にようやく気づいた。

「ひょっとして理乃、さっきここで踊ってた？」

「！　見てたの？　うわ、恥ずかしい」

「どうして恥ずかしいの？」

不思議そうに衣川先輩が訊《き》いた。

「公共の場である公園で踊っていたのだから、人に目撃されることは十分予想可能だと思うのだけれど」

「そりゃそうですけど……」

「それに、あなたのダンスはとても素晴らしくて、恥ずかしがるようなものではなかったわ。鷹野く……祐もキレッキレだって言ってたし」

「あ、ありがとうございます」

不意にほめられて面食らう理乃。俺にすっと近づくと小声で囁《ささや》いた。

「あとでどういうことか説明しなさいよ、祐が」

まったく説明できる自信がないんだが……。

6

「今度オーディションがあるのよ」

公園のブランコに座った理乃が答える。衣川先輩はその隣のブランコに座っていて、俺はその二人に向かい合うようにブランコの柵《さく》に腰掛けていた。

「どこかのダンスチームとか、そういうの？」

んー、と少し迷ってから理乃が恥ずかしそうに言う。

「アイドルのオーディション」

「アイドル？」

思わず訊き返す。理乃はうん、と少しはにかむような表情で肩をすくめた。

確かに小さい頃、理乃の夢はアイドルだったのは覚えている。でも、高校生の今になってもそんなことを考えていたとは思いもしなかった。理乃は週二でダンスレッスンとボイトレに通い、その間を縫うようにレッスン料を稼ぐためのバイトに勤《いそ》しんでいるという。

「ねえ、祐。アイドルってどうやってなるの？」

衣川先輩はなぜか俺に訊《たず》ねる。

「よく分かんないですけど、まずは芸能事務所に所属するんじゃないですかね？　スカウトされたりして。そっからデビューして、芸能活動を始めるんだと思いますよ」

俺は自分の知っているイメージだけで答えた。その言葉を理乃が継ぐ。

「一般的にはそうだと思うけど、あたしは最初っからは事務所に所属したくないんだ」

「そんなことできるの？」

「うーん、分かんないですね」

理乃は衣川先輩にそう答えると、軽く地面を蹴《け》ってブランコを揺らした。白いハイソックスにチェリーのワンポイントが宙を舞う。

「なにか理由があるの？」

「そんなに深い理由はないんですけどね。あたし、バカだから」

「バカとその理由になにか関係があるの？　深い理由がなければ確実な方法を選べばいいと思うのだけれど」

衣川先輩は言葉を選ぶべきじゃないですかね。

「バカで悪かったですね」

理乃がムッとして言い返す。ほらあ。

「でもバカと言ったのは西村さん、あなたよ？　バカじゃないの？」

最後の一文はどっちの意味だ？　俺が判断しあぐねていると、理乃がはぁ、と一つ大きなため息をついて言った。

「バカなんでしょうね、衣川先輩の言うとおり」

「バカと言ったのは私じゃなくてあなたよ、西村さん。バカと言う人がバカだって小学校で習わなかったの？」

「衣川先輩、頼むからもうしゃべらないでください……」

ナチュラルに追撃する衣川先輩に、俺は両手を挙げて懇願した。

「とは言うものの、正直なところ、俺も衣川先輩と同じ意見かも。アイドルがみんな事務所に所属してるんだったら、理乃もそうすればいいんじゃない？」

「そんなことない。今はフリーランスのアイドルも増えてるもん」

理乃は口を尖《とが》らせる。衣川先輩には「分かんない」って言ったくせに。

「フリーランスって、仕事がこなければただの自称アイドルでしょ」

「仕事がくれば自称じゃなくなるもん。それに、実績ができれば大手事務所にも入りやすくなると思うし」

「それだと順番が逆じゃない？　最初っからフリーランスだと仕事とれないでしょ」

「だからオーディションを受けるのよ。だって、事務所が信用できるかどうか、分かんないじゃない」

「有名タレントが在籍しているような知名度の高いとこなら大丈夫でしょ」

「そんなところに入れるかどうか分かんないし、入ってもその他大勢《モブ》みたいな扱いならチャンスなんか来ないよ」

その他大勢《モブ》にはチャンスなんかない——一般論なんだろうけど、その言葉はちくりと俺を刺す。

「でも、弱小プロダクションに入っても、事務所の力がなくて活躍できないかもしれないよね。フリーランスと変わらないんじゃない？」

「かもね。でも、アイドル活動のハードルはきっと大手より低いと思う。地下アイドルかもしれないけど」

「地下アイドルなんて……」

俺は「それがなりたいアイドル像なの？」と訊こうとして口をつぐんだ。

理乃の淀《よど》みない答えは、そのことを何度も考え、何度も自問自答してきた証拠だろう。

俺のような素人《しろうと》がその場で考えたことなんて、理乃はすでに考えているはずだ。

「ごめん」

　俺は素直に謝った。理乃は少し表情を和らげた。

「ううん、みんなそんな感じだもん。だからあんまり人には言ってないんだ。祐にも今日会わなかったら言うつもりなかったし」

　鉛のように、鈍く重たい言葉だった。前に進もうとする理乃の足にしがみつく、よくある考え、よくある言葉――それは俺のようなその他大勢《モブ》が安全な外野からしたり顔で語る言葉だ。

「理乃の夢は昔っからアイドルだったもんな」

「ずっとそうだったわけでもないけどね。祐はもう、探偵になる夢は諦《あきら》めたの？」

　痛いところを突かれて、一瞬言葉に詰まる。

「……小さい頃の話だよ。それに、今の探偵が浮気《うわき》調査ばっかりで、シャーロック・ホームズにはなれないなんて知らなかったから」

「シャ、シャーロック？」

　衣川先輩が小首を傾げる。衣川先輩だもんな、と勝手に納得する。

「そこ行くとあたしって、やっぱ子供なんだよね」

　理乃はあまり子供っぽくない胸に手を置いて言った。なぜかそれを見ていた衣川先輩も同じ仕草をして「……くっ」と苦虫を噛《か》み潰《つぶ》したように口もとを歪《ゆが》める。

「そんなことないよ。夢は変わらなくても、ちゃんとそれを叶《かな》えるための方法を考えて、しかもそれを実践してるんだから、子供じゃないと思うよ」

大人だから夢を諦める――そんなのはただの言い訳だと自分でも分かってる。ましてや、夢を諦めない理乃のことを子供だなんて思うはずもない。

でも、理乃は「そうじゃないの」と首を振った。

「子供って力は弱いし、世間を知らないし、頭も大人に敵《かな》わないから……だから、大人の『食い物になる』」

「そう」

二人の言葉に思わず「えっ」と声が出た。

「だから、あたしは練習して、勉強して、いろんなことを知って、強くならなきゃいけないの。いつまでもバカじゃダメなの」

「その通りだわ。子供が大人の食い物にならないために、私たちは武器を持たなきゃいけない」

理乃はブランコを止めると、衣川先輩の顔をじっと見た。そして、少し俯《うつむ》くと「うん」とだけ答えた。小さいけれど、思いのこもった声だった。

俺は二人の様子をぽかんと眺めていた。

二人の言葉とは裏腹に、自分だけがひどく子供な気がした。

「いけない、もうこんな時間」

スマホの時計を見て、理乃はいそいそとバッグを手に取った。

「これからバイト？」

「ううん、今日は美和《みわ》ちゃんに図書館で勉強見てもらうことになってるんだ」

九重《ここのえ》美和――学年首席かつ委員長の優等生だ。学校では理乃と特別仲がいいようには見えなかったから意外だった。

「理乃と委員長って仲良かったんだ。知らなかった」

「同中《おなちゅう》だもん」

どうりで知らなかったわけだ。俺と理乃は幼稚園から一緒だったけれど、理乃が女子校に進んで中学は別々になった。その後、理乃は家庭の事情で引っ越していって、学校だけでなく自宅までも離れてしまった。だから、高校で再会したときにはお互いびっくりしたものだ。

「じゃ、またね。衣川先輩もありがとうございました。祐のことは考え直した方がいいと思いますけどね」

足早に去って行く理乃の後ろ姿を見ながら手を振る。

「頑張ってんだなあ、あいつ」

「ほんと、頑張ってるのにね」

衣川先輩は理乃の後ろ姿をずっと眺めていた。その表情はどこか悲しげだった。

7

「おはよー」

翌朝。理乃はいつものように元気よく教室に入ってきた。いつもの風景、いつものふんわり両結び。

でも、クラスの雰囲気だけがいつもとは違った。それまでのざわつきがすっと消え、誰もが目線を逸《そ》らす。

理乃の笑顔は行き場所を失ったかのように、曖昧《あいまい》に消えた。

「え、どうしたの？」

不安げに周りを見回す理乃。

「ねえ、祐」

いつものコミュニティの異変に気づき、俺の席にやってきた理乃が声を潜めて訊《き》く。

「あたし、なにかした？」

「……ちょっといい？」

俺は理乃と二人で教室を出た。

「理乃、事実だけを言うから」

人気《ひとけ》のない階段下で、俺は努めて冷静に、表情を変えずに切り出した。理乃はかすれた声で「うん」とうなずく。

「例の試験問題漏洩《ろうえい》事件、理乃が犯人だって噂が流れてる」

「え」

理乃の瞳《ひとみ》が大きく見開かれる。

「うそ、あれってデマだって言ってたじゃない。なんであたしが……」

「出所は分からない。今朝、学校に来たらもう、そういう話になってた。もしかしたら昨日のうちにＬＩＮＥの裏グループとかで流れてたのかもしれない」

「あたしじゃないよ。なにを根拠にあたしってことになってるの？」

「くだらない話だよ。数学の梅屋《うめや》は理乃のような娘《こ》が好みで、理乃がそれを利用して試験問題を手に入れたって」

本当は「理乃が梅屋と援助交際している」という話だったが、それをそのまま本人の耳に入れるのは憚《はばか》られた。

「……梅屋先生が……」

「み、みんながそう信じてるわけじゃないよ。俺だってそんなこと思ってない」

焦点の定まらない瞳で床を見つめる理乃に、慌てて弁明するように言う。つまらないその他大勢《モブ》のありふれた自己弁護だ。

「でも、あたしは試験問題なんかもらってないわ。それは本当」

「うん」

「教えてくれてありがと。もう行くね」

理乃はぱたぱたと走り去っていった。

8

昼休み。

理乃はいつもと同じように、仲のいい友人たちと弁当を食べるために、机を寄せようとした。違うのはその後だ。友人たちはなにかを伝え、ごめんね、と両手を合わせた。理乃は「ううん、気にしないで」と、両手を振って寄せかけた机を戻す。

俺はいたたまれなくなって席を立った。

かわいそうだとは思うけれど、男子の俺がそこで手を差し伸べたところで何かが好転するとは思えない。むしろ「ああやって男をたらし込むのね」と、余計に悪くなることだってあるだろう。できることはその他大勢《モブ》のまま、加害者にならないことくらいだ。

まったく昼飯ってのは残酷だ。誰と食べようが自由だけれど、自由であるがゆえに、そこに気まぐれは介在しない。一度決まったグループは変わることはない――パワーバランスが崩れ、カーストが変わらない限り。

そういえば、衣川先輩はお昼はどうしているんだろうか。

その名を知らないものはいない学園一の美少女。カーストにすら入っていない衣川先輩が誰かと食事をともにしているとは思いがたい。かといって教室で一人で食べているところも想像しづらい。背景レイヤに描かれるほどのその他大勢《モブ》力を持つ俺ならともかく、存在自体が目立つ衣川先輩にはその居場所すら教室になくてもおかしくない。しかも亜弥とは違って帰宅部では部室のようなところもない。

だとしたら、人気《ひとけ》のないところ、普段人が通らないところのどこかだ。部室棟や学級棟には空き教室があるけれど、一人で使うには広すぎる。そうすると――俺は学校の見取り図を頭に浮かべ、その最有力候補、学級棟端の屋上に通じる階段を上がった。空き教室の先にあるその階段を使う人はいないはずだ。そして、思った通り衣川先輩はそこにいた。

「いつもここで食べてたんですか」

衣川先輩は階段に座り込み、膝《ひざ》に真っ赤なノートPCを乗せていた。傍らにはグミの袋と、図書室から借りてきたらしい本が置かれている。俺が話しかけてもまるで反応せず、一心不乱に文字の剝《は》げたキーを叩《たた》き続けている。

衣川先輩の誰も知らない私生活を覗《のぞ》き見ているような気がして落ち着かない。

「衣川せんぱーい」

カタカタカタカタ。タイピングの音は止まらない。

俺は諦めて、衣川先輩が気づくのを待つことにした。

タイピングに合わせて長い睫毛《まつげ》に縁取られた瞳が左右に忙《せわ》しく動く。翠《みどり》の虹彩《こうさい》に大きな黒い瞳孔《どうこう》。その瞳が俺を捉《とら》えることはない。最初はちらちらと見ているだけだったのだけれど、まったくこっちに気づかない様子に次第に大胆になった。その瞳に魅入られた俺は、目を離すことができなくなっていた。

タン、という音でタイピングが止まった。

「ふぅ……ひぃッ⁉」

「うおう⁉」

突然の悲鳴に俺は二、三段ずり落ちる。

「なななななんですか誰ですか……って、祐⁉」

「ど、ども……」

「ずっと見てたの？　……やだ恥ずかしい」

顔を隠すようにPCを持ち上げる。その横から真っ赤な耳が覗いていた。

「それ、私物ですか？」

俺が指さすと、衣川先輩はPCを膝《ひざ》に下ろして慈しむように天板を撫《な》でた。

「ええ、初めて自分の力で手に入れた子なの」

意外だった。学園一の美少女が実はぼっちで、PCのことを「子」なんて言うようなコンピュータオタクだったとは思いもしなかった。

「すげえキーボード打つの速いんですね」

俺は体を起こしながら、素直な感想を言う。

「そんなことないわ。遅くてイライラする」

衣川先輩はグミを口の中に放り込みながら、心底うんざりしたように言った。

「嘘でしょ、そんなスピードで打てるのに」

「頭の中ではもうできてるのよ。でもその速さにキータイプが追いつかない」

「できてる、て、ああ、これプログラムなんですか？」

衣川先輩の隣でモニタを覗き込む。真っ黒な背景に緑色の文字が浮かんだウィンドウがいくつも重なっていた。何をするプログラムなのかは分からないけど。

「ソシャゲの乱数調整支援ツールよ。プロキシとして間に入れることでサーバの遅延《レイテンシ》を計測、それを使ってサイドチャネル攻撃を」

なにそれどこの言葉？　ソシャゲという単語以外まったく理解できないんだけど……。

俺のクエスチョンだらけの顔に気づいたのか、衣川先輩が「簡単に言えば」と言い直す。

「四回以内に必ず☆五のサーヴァントが引ける。前提条件はあるけれど」

ガチャなんてランダムなんじゃないのか？　どういう仕組みでそんなことが可能になるんだ。そう訊くと、衣川先輩は目を輝かせてものすごい勢いでしゃべり始めた。擬似乱数がどうとかでライブラリがああだからワーカースレッドが共通だとメモリがうんたらとか。

完全に思考停止して虚無の表情を浮かべていた俺に、衣川先輩は恥ずかしそうに目を伏せて「ごめんなさい、つい」と謝った。

なんか、こっちこそ訊いておきながらすいません。

「衣川先輩って、コンピュータに詳しいんですね」

「そう思っていた時期もあったんだけれどね。勉強すればするほど、自分がいかに知らないかを思い知らされるわ」

それは謙遜《けんそん》には聞こえなかった。学園一の美少女とコンピュータというのがどうも結びつかないけれど、さっきのタイピング速度はすごく慣れている感がある。タイピングが速いからコンピュータに詳しい、というわけではないんだろうけど、きっと毎日毎日、こんなふうに何万字もタイピングしてそうなったんだろうな、と思った。

「衣川先輩はいつもここでお昼食べてるんですか？」

「ええ。静かだし、誰にも邪魔されないから。あ、でも祐ならいつ来てもいいわよ！」

衣川先輩はまるで友達に秘密基地を明かす小学生のように言った。

自分の居場所が教室であることは絶対の価値観じゃない。教室が自分の居場所でないと感じるのなら、それ以外の場所を求めることは自然なことだ。亜弥にとってのコンピュータ部部室がそうであるように、この屋上に通じる階段は衣川先輩の場所なんだろう。

でも、理乃はどうなんだろうか。

理乃にとって、教室という場所を失うことはコミュニティを失うということと同じだ。しかもその原因がデマだなんて、こんな理不尽なことはない。

「どうしたの、祐。難しい顔して」

気がつくと、衣川先輩が心配そうに俺の顔を覗き込んでいた。俺が階段を上がると、衣川先輩は傍らに置いた本を手に取って空いた隣を示す。俺は勧められるまま隣に座った。

「今朝、変なデマが流れたせいで理乃がちょっと孤立しちゃった感じなんですよ」

「デマ？」

俺は理乃が数学の梅屋と援助交際して、その見返りに試験問題を受け取った、という噂を話した。

「西村さんが援助交際しているとどうして孤立するの？」

衣川先輩は不思議そうに訊《き》いた。

「してないですよ、あいつは」

「答えになってないわ。私が訊いてるのは『どうして孤立するの』よ」

「……あいつはそんなことしません」

「答えになってないわ。私が訊いているのは」

「しませんよ、あいつは」

衣川先輩の言葉を遮って言う。

「衣川先輩も知ってるでしょ。あいつが大人の食い物にならないために頑張ってること。

なのになんでそんなことを言うんですか」

「価値観は人それぞれだと思うもの。もし、西村さんが私と違う価値観で物事を考えたとしても、それは否定すべきことじゃない——それが私の価値観よ」

「じゃあ、俺は理乃がそんなことをしていないと信じるし、そうでないという異論を認めない。それが俺の価値観です」

「……ひょっとして、祐は西村さんのことが好きなの？」

「なんでそんなに一気に俗っぽい話になるんですか！　あんなに頑張ってる理乃が、そんなことするはずないですよ。それよりもっと他の方法で試験問題が盗まれた——たとえば、ハッキングとか——」

俺は自分の言葉にはっとした。

ハッキングなんて思いつきで言ったようなものだけれど、俺はPCを乗っ取ることができるUSBメモリを目にしてたじゃないか。

「……あのUSBメモリを使えば、先生のPCをハッキングできますよね」

無意識のうちに声を潜める。けれども衣川先輩はまるで頓着せずに言い返す。

「ハッキングじゃなくてクラッキングね。でも、私じゃないわ」

「そりゃ分かってます。二年の衣川先輩が一年の試験問題を盗む意味がないですから。でも、どうして衣川先輩はあのとき、誰もいない俺たちの教室にいたんですか？」

「近道しようとして」

「うちの教室は空間でもゆがんでるんですか」

なんでこの人はそんなにクールな表情ですぐにバレる嘘をつくかな。

「衣川先輩が試験問題を盗んだとは思ってないです。けど、結果的に関わってしまった可能性はあるかもしれない。あの日、俺たちの教室でなにをしてたんですか？」

「……」

重苦しい沈黙のあと、先に口を開いたのは衣川先輩の方だった。

「あのね、これ、読んだの」

唐突にそう言うと、傍らの本を両手で持って顔の前に掲げた。図書室の分類シールが貼られたその本の表紙には『シャーロック・ホームズの事件簿』と書かれている。

カーディガンの袖口《そでぐち》からちょっとだけ覗く指先が可愛い。爪が短く切りそろえられているのはタイピングの邪魔になるからだろうか。

「祐がなりたがってた人がどんな人なのか、知りたかったの。とっても面白かったわ」

「あの、衣川先輩」

「シャーロック・ホームズが出てくる本っていっぱいあるのね。だから、今度は祐のお薦めを読んでみたいわ」

「衣川先輩」

「映画になってるのもあるんでしょ？　今度一緒に……」

「衣川先輩！」

　衣川先輩は口をつぐむとじっと俺の目を見つめた。緊迫した空気が流れる。

「……私はあのUSBメモリを使ってなにかをしようとしたわけじゃないわ。むしろ、悪用される前に回収しようとしたのよ」

「回収って、どういうことですか？　そもそもなんで、衣川先輩がそんな危険なUSBメモリを持ってたんですか」

「……」

　衣川先輩はそっと目を伏せる。せっかく衣川先輩が楽しそうに本の話をしていたのに、空気はぶち壊し。申し訳なくて辛《つら》い。

　でも、ここで引いたらダメだ。先生のPCを乗っ取ることができる人間がいたのなら、そいつが犯人に決まってる。そして、それが誰かは衣川先輩が知っているはずだ。

「あのUSBメモリは誰から回収したんですか？」

　その問いにも衣川先輩は答えなかった。

「お願いします、衣川先輩。理乃を救えるのは衣川先輩しかいないんです」

俺は必死になって頭を下げた。

「無理よ」

「なんでですか！」

「あのＵＳＢメモリが誰のか分かっても、西村さんが犯人じゃないことの証明にはならないから」

「えっ……」

まったく予想外の言葉だった。衣川先輩は回答を拒絶するようにＰＣのモニタに視線を落とす。

まさか。

まさか、あのＵＳＢメモリの持ち主は――。

理乃、なのか？

「……やっぱり、祐は人のためだと頑張れるのね」

愕然《がくぜん》としている俺に、衣川先輩は慈しむような表情で言った。

やっぱり、なんて確信しているようなことを言うけれど、俺はそんなにご立派な人間じゃない。小さい頃から知っている理乃が、こんなことに巻き込まれて困っているのを見て見ぬ振りなんてできない。あいつはずっと頑張ってきたんだ。あの日見たダンスは一朝一夕で身につくものじゃない。

でも、助けたい、と思ったときに助けられる力を俺は持っていない。

俺は初めて、今までなにもしてこなかった自分を後悔した。

「それより、祐はどうして自分が持っている情報を使わないの？　西村さんのこと、知ってるんでしょ」

モニタから目を離して衣川先輩が訊く。

「俺は……なにも持ってませんよ。情報も、力も」

「力ならあるでしょ。それに、なにも情報持ってないなんてありえないわ」

「ないですよほんとに。アイドルを目指してるとか、週二のダンスレッスンとボイトレに通ってるとか、そんなことしか知らないんですから」

「ほら、持ってるじゃない」

「それは衣川先輩だって一緒ですよね」

「私はダメ。情報を持っていても、人間相手だとなかなかその意味に気づけないから」

「意味？」

情報と意味——。情報を持っていても意味に気づかなければ、それこそ意味がない。それは分かる。でも元々の情報を持っていなければどうしようもないんじゃないか。

「OSINT《オシント》って知ってる？」

黙り込む俺に衣川先輩が話しかける。

「いえ……」

「オープン・ソース・インテリジェンス。公知の情報をつなぎ合わせ、そこに隠された意味を読み取って真実をあぶり出すことよ。今の時代、シャーロック・ホームズになることは無理かもしれないけれど、きっと祐の才能を活《い》かせるはずよ」

「公知の情報から意味を読み取る……」

そうか。

俺が知っていること——知ることができることはもっとある。ツイッター、ブログ、インスタグラム、フェイスブック——個人が発信している情報はいくらだってある。たとえ、本人が発信していなくても、その友人たちの情報をつなぎ合わせて見えてくる関係だってあるかもしれない。

「ありがとうございます、衣川先輩。ちょっと調べてみます」

俺は衣川先輩に礼を言うと教室に戻った。

教室では理乃と委員長が向かい合わせの机で弁当を広げていた。机の位置を見ると委員長の方が理乃の席にくっつけたようだった。

(ほんとに仲良かったんだな、あの二人)

俺はちょっとだけほっとした。

9

帰宅した俺は、しばらく電源を入れていなかったノートPCを引っ張り出した。

エクセルを立ち上げると、過去の校外模試・校内テストの成績を一つ一つ入力していった。校内テストの成績はすべて開示されるようになっているが、名前が公表されるのは上位二十パーセントまで。ただし、今回の順位とともに前回順位も記載されているため、一度でも名前が公表されれば過去の成績を辿《たど》っていくことは可能だ。

もし、数学の試験問題を入手している生徒がいたら、そいつは急に数学だけ不自然に成績が向上しているはずだ。漏洩《ろうえい》した科目が数学と決まったわけではないが、さすがに全教科ということはないだろう。

過去四回分の試験結果を入力し終えたのは四時間後だった。それから前回順位と今回順位を紐付《ひもづ》けて並べ変える。

「さすが委員長だなあ」

結果を確認していた俺は思わず声に出していた。四回分のテストでは全科目合計で一位、二位、一位、一位。コンスタントに全教科にわたって好成績で弱点らしい弱点が見つからないくらいだ。特に数学は二回も満点がある。

問題の理乃と言えば——直近の中間テストで急激に数学が伸びていた。数学ほどではないにしろ、他の科目もじりじりと上がってきている——と、言えなくもない。

「委員長に教わって頑張ってるから、だもんな」

俺は言い訳のように呟《つぶや》くと、ツイッターを開いた。

10

「はぁ」

昼休み。屋上に続く階段に腰掛けた俺は、頭を抱えて深いため息をついた。

隣では衣川先輩が俺が渡したプリントアウトをめくっている。そこに印刷されているのは大量の写真やツイート、投稿記事だ。

俺は夜を徹して自分の持っている情報に「意味」を探した。あのデマで俺が気づいたことは「問題を作成した教師の方にもなにかがあるかもしれない」ということだ。まずはデマにも名前が挙がっている数学の梅屋から調べることにした。

梅屋が独身一人暮らしの四十一歳であることは周知の事実だ。授業中、生徒に問題を解かせている間に運動場やプールの女子を見ているとか、女子が階段でふと後ろを見たら梅屋と目が合ったとか、そういう話も聞く。そんな生徒からの不信感もデマの一因なのだろう。

俺は公開情報であるフェイスブックの写真に写っている店や場所から、梅屋がいつ、どこにいたのかを特定してスケジュールを埋めていった。それと自宅の最寄り駅までの移動手段、移動時間を推定し、同時間帯に同じ場所でつぶやかれたツイートを検索していくと、マッチング率の高いアカウントがいくつか見つかった。それらのアカウントには平日・休日でマッチング率に変化がないものもあれば、休日のみ高くなるもの、その逆もある。

これらには梅屋本人のものだけでなく、本人と同じ行動をとっていた人物が含まれているはずだ。とすれば、平日は教師仲間、休日は友人や趣味の仲間である可能性が高くなる。

　アカウントごとの情報をまとめ、共通するフォロワーを抽出していくと休日のアカウントにはいくつかのキーワードが浮かび上がってきた。

「それがカメラ、個人撮影会、ジュニアアイドルってことね」

「ええ。デマの反証を見つけるつもりだったんですけどね」

　俺の言葉に衣川先輩は意外そうな顔を見せる。

「確かに、西村さんは中学生、下手したら小学生くらいに見えなくもないから、梅屋先生の好みなのかも。でも、それだけでしょ」

「梅屋の方だけだとそうなんですけど」

　そう言いながら、俺はもう一枚コピー用紙を見せた。

　それはオークションサイトで見つけたＤＶＤのパッケージ写真だった。サブタイトルに「りさ　十歳」と書かれたジュニアアイドルのイメージＤＶＤ。ツインテールの幼い女の子が、かなり際どい水着姿で写っている。

「理乃の写真で画像検索したらこれがヒットしました。三年前のＤＶＤです」

　もし、これが三年前——中学一年のときのＤＶＤだとしたら俺がそのことを知らないのも説明がつく。幼稚園から小学校まで俺と一緒だった理乃は中学で女子校に進んで、それっきりだったからだ。

「確かに似てるけど……年が合わないわ」

「年齢を騙《かた》るのは珍しくないと思いますよ。それよりここのほくろ」

左目の下に二つ連なる特徴的な泣きぼくろ。理乃のチャームポイントだ。

「確かに……西村さんかも」

「そう、ですよね」

俺はまた、深いため息をついた。

結局、俺が徹夜でやったことは、あのデマの裏付け作業でしかなかったのか。

「それで、結論は？」

衣川先輩は資料から顔を上げて訊《たず》ねる。

「これから分かったことは、梅屋先生がジュニアアイドル好きらしいということ、西村さんが三年前はジュニアアイドルとして活動していたということ、なのよね？」

「はい」

「それだけでしょ。援助交際をして、その見返りに試験問題を受け取っていた、という証拠が出てきたわけじゃないんでしょ」

「そうですけど……」

それでも、絶対にそんなことはしない、という自信は揺らいでいた。俺の信じていた理乃は、こんな水着を着たりはしないはずだった。

だから、俺は理乃のことを実は何も知らないんじゃないか、俺は理乃のことを誤解してるんじゃないか――そんな思いにとらわれていた。

そう言うと衣川先輩は端的に一言だけ言った。

「そんなの証拠とは言わないわ」

それは確かにそうかもしれない。

でも、過激な水着姿の元ジュニアアイドルということを考えると、そのあたりの価値観は俺なんかとはちょっと違うのかも、と思う。

価値観は人それぞれ――皮肉にも昨日、あれだけ反感を感じた衣川先輩の言葉と同じことを感じている自分のブレっぷりが嫌になってくる。衣川先輩はそれでも、理乃のことを受け入れる、と言った。

それに対して俺はどうなんだ。

そんな俺を見ていた衣川先輩が唐突に言う。

「やっぱり、祐は他の人と違うわね」

「え、なんでですか？」

「私の言ったことをちゃんと考えてくれるから。すごく、考えてくれてる」

「そんなこと……みんなそうじゃないですか」

衣川先輩は顔の前で美しい銀髪を指に絡めて言う。

「この髪と瞳《ひとみ》が物珍しくて話しかけてくる人はいても、この学校に私と『話』をしてくれる人はいないわ」

「衣川先輩、もてるって聞きましたよ」

「あんなの、もてるって言わないわよ。私を綺麗《きれい》だなんて、思ってもいないことばかり並べるか、自分がいかに素晴らしいか、しか言わない人ばっかり。たぶん、珍しい色の珍獣ペットくらいにしか思っていないんだわ」

「珍獣ペットはないでしょ。衣川先輩は普通に綺麗だと思いますよ」

「普通に綺麗ってどういうこと？」

「だから……特別な思い入れとかなくても、普通の感覚で綺麗と感じるってことです」

「それは祐の感覚じゃないってこと？」

言葉に詰まる。俺の感覚なのに、あたかも自分ではない「みんな」の感覚であるかのように言って、責任逃れをする——その他大勢《モブ》らしい逃げ腰だ。いつの間に俺は感覚すら、他人任《ひとまか》せにしてしまうようになったんだろう。

俺は衣川先輩を見つめて言った。

「俺の感覚です。俺が、衣川先輩のことを綺麗だと思うんです」

「はにゃっ⁉」

って、なに言ってんだ俺！　本人の日の前で。

「あ、あ、ありがと。すごく嬉《うれ》しい」

言われ慣れているだろうに、衣川先輩は赤い顔で目を伏せた。口角をきりっと引き締めようとしては、にへら、と緩む。

「私もね、この髪は綺麗だと思うのよ。へへ、嬉しいな」

そうか。衣川先輩はただ、ほめられて喜んでるんじゃないんだ。自分の感覚と、俺の感覚が一緒だったから喜んでるんだ。

衣川先輩は首の後ろに手を回して髪を梳《す》いた。

「私、他の人たちとはズレてるのよ。これでも小さい頃は少し色が薄いくらいで、他の人とそんなに違ってはいなかったし、みんな、普通に接してくれたわ。様子が変わってきたのは髪と瞳の色が抜け始めてからだもの」

「……なにがあったんですか？」

衣川先輩はその問いには答えず、指先につまんだ髪の毛をじっと見つめていた。

「だからね、祐。私は西村さんが私とは違う考えでなにかをしていたとしても、それを糾弾したりするつもりはないの。それを否定したら、私は自分を否定することになる」

言っていることは分かる。でも、だったら、理乃が援助交際をしていた証拠はなにもない、なんて強弁しなくてもいい。ありうる話よね、で済むはずだ。

そう訊《き》くと、衣川先輩は、くっ、と言葉に詰まったように黙り込んだ。

「ひょっとして衣川先輩……ほんとは理乃が援助交際なんかしてない、て信じたいんじゃないですか？」

「そんなことない！　ＵＳＢメモリを使って盗み出しても、援助交際で手に入れても、別にどっちでもいいの！」

むきになって反論する衣川先輩。分かりやすい人だ。でもこれじゃ、ＵＳＢメモリの持ち主が理乃だったたって認めたようなものじゃないか。

試験問題漏洩《ろうえい》事件が本当にあったとして、考えられる手口は今のところ二つ。

一つは梅屋のような教師と取引をして、援助交際の見返りに試験問題を受け取る。もう一つは、ＵＳＢメモリを使って教師のＰＣを乗っ取り、そこから試験問題を盗み出す。そして、その最有力容疑者が両方とも理乃という絶望的な状況だ。

衣川先輩は心の中では理乃が犯人だと思っているんだろう。それでも理乃を責めるつもりはないと言う。

けれども、俺は違う。

理乃は、援助交際なんてやってない。

それは俺自身が一番分かっていることじゃないか。

11

教室に戻るとすでに半分くらいの生徒の姿が見えなくなっていたが、理乃はまだ席にいた。委員長と席をくっつけて控えめに談笑している。

「あ、祐――」

俺の視線に気づいた理乃が話しかけてきた。でも、その言葉が終わらないうちに理乃の表情は固まり、言葉は立ち消えていった。

俺はコピー用紙の束をぎゅっと握りつぶしながら、親指で廊下を示した。

先に教室を出て、特別教室棟に続く渡り廊下の方に向かう。振り返ると理乃がちょうど教室を出るところだった。

がらんとした渡り廊下で理乃が追いついた。

「……そうだよね、あたしと話してるところを見られるとまずいよね」

ぼそっと言う理乃の言葉に、頭を殴られたような衝撃が走った。

あんなにいつも快活で明るい理乃のそんな姿を見るのは耐えられなかった。大丈夫だ、理乃にどんな過去があったって俺は、俺だけは理乃のことを分かっている。

「教室じゃ訊きにくかったからさ――」

それを証明するかのように、俺はコピー用紙を見せた。そこには三年前の理乃がいる。

理乃は大きく目を見開いた。

「これ、理乃だよな？」

「……そうよ」

理乃は泣きそうな顔で答えた。

目線を落としてその言葉をかみしめる。

「そっか……でもだいじょ」

「……祐もあたしを疑ってるのね」

「え……、いや違」

震える声に俺が顔を上げると、理乃の大きな瞳から一筋の涙がこぼれていた。震えを抑えるようにぎゅっと結んだ口もとから嗚咽《おえつ》が漏れる。

「理乃！」

理乃は振り返らずに走り去った。

その涙を見て、俺はようやく自分がしでかしたことの重大さに気がついた。

12

最低の気分のまま放課後を迎えた俺は、お昼の階段に衣川先輩を呼び出した。

「祐の呼び出しは嬉しいんだけど……どうしたの？　ひどい顔してる」

鞄《かばん》を抱え、不安そうに俺の顔を覗《のぞ》き込む衣川先輩に意を決して言う。

「あのUSBメモリで乗っ取ったPC、見せてください」

「にゃ、にゃんのこと？」

噛《か》んだ上に目が泳いでいる。分かってはいたけど一目瞭然《いちもくりょうぜん》だった。

衣川先輩は「悪用される前にUSBメモリを回収する」と言った。持ち主は自分だとも。

だったら、乗っ取ったPCを操作する手段も衣川先輩は持っているはずだ。

「あるんですよね、すでに乗っ取られているPC。見せてくれませんか」

「なんで？　祐はこっちの人じゃないでしょ。それともあっちの人？」

誤魔化せないと思ったのか、衣川先輩は軽くため息をついて訊く。

こっちとあっちが何を指しているのか分からない。そう訊くと、衣川先輩は「こっちは私。あっちは私の敵」と答えた。

こっちでもあっちでもない——今までの俺なら。衣川先輩が犯罪めいたことに足を突っ込んでいることは分かっていたけれど、それから目を背けていた今の俺ならそう答えていただろう。

でも、それじゃもう理乃は救えない。

「こっちの人ですよ」

「ふうん、そっか」

衣川先輩はそれ以上は訊かず、鞄からスマホとノートPCを取り出してなにやら操作し始めた。ノートPCの画面にはブラウザが立ち上がっていて、そこに文字や数字が整然と並んでいる。

「あのUSBメモリでpwnしたのはこの一台だけ。今はオフラインだからすでに取得している情報しか取れないわ」

pwnがどんな意味なのかは分からないが、多分、乗っ取った、とかそういう意味なんだろう。指さす先には「NOTEPC-6BJRD8」と書かれたリンクがあった。

「これ、誰のものか分かりますか?」

「今の情報だけだと分からないわ。状況的に教師のものだとは思うけれど……」

「どんな情報があるんですか？」

「アカウント情報、アプリケーション情報、画面キャプチャと一部のファイルコピー」

衣川先輩は操作しながら答える。そのＰＣのデスクトップにはぽつん、と日付を付けた圧縮ファイルが置かれていた。

「これ、中身は見られないんですか？」

「暗号化されてるから、すぐには無理。ファイル名だけなら分かるわ」

「……これ、やっぱ試験問題ですかね？」

ファイル名は『２０１８―１　中間試験数学.ｊｈｄ』とある。

「中身が分からないから断言はできないけど、拡張子もそれっぽいわね」

「拡張子って、このｊｈｄのことですか？」

「ええ。これは花子で作ったものね。数学の図形が描きやすいのと、一太郎との連携がしやすいから試験問題作成でよく使われてるグラフィックソフトよ」

俺は腕組みして考え込んだ。犯人はＵＳＢメモリを使って教師のＰＣの操作を奪い、そこから試験問題を窃取した――今、俺たちがやっているように。それが明らかになれば理乃が援助交際をして試験問題をもらっていたというデマだけは覆すことができる。

たとえ、その犯人が理乃本人だったとしても。

「おかしいわね……」

衣川先輩のつぶやきに意識を戻される。

「どうしました？」

「このＰＣに花子はインストールされていないのよ。だから、さっきのファイルをこのＰＣで作るどころか、見ることすらできないはず」

「それってどういうことなんですか？」

「このＰＣは問題を作成した教師のものではなくて、なんらかの方法で試験問題ファイルを手に入れた人のものかもしれないってこと」

「つまり、このＰＣは被害者ではなく犯人のもの……？」

衣川先輩は「かもしれない」と言ってうなずいた。

訳が分からなかった。

なぜ、被害者ではなく犯人のＰＣが乗っ取られているんだ？

被害者のＰＣではない、だから犯人のもの、という考えはちょっと短絡的過ぎる。でも、試験問題が存在しているのであれば、まったくの無関係であるわけがない。

「他に中身が見られるファイルはあります？」

「あとは動画ファイルの断片。一応再生はできると思うわ」

衣川先輩がメディアプレイヤを起動すると、公園らしい風景が映し出された。そしてぱたぱたとフレームに収まるように女の子が入ってきた。

「理乃……」

そこに映っていたのはまぎれもなく理乃だった。

記憶がつながる。この場所は理乃がダンスの練習をしていた公園だ。

「これ、理乃自身が撮影したものですよね」

衣川先輩もうなずく。試験問題と一緒に理乃の自撮り動画があるなんて、状況証拠としては十分すぎる。絶望的な状況に俺は天を仰いだ。

いや、ちょっと待てよ。

そうなると、犯人はどうやって試験問題を盗み出したんだ？

俺たちはＵＳＢメモリを使って教師のＰＣを乗っ取り、そこから試験問題を盗んだ、と考えていた。でも、このＰＣが教師のものではないとしたら――乗っ取られた教師のＰＣなんてものがなかったのなら、犯人はどうやって試験問題を手に入れた？

逆にこのＰＣが教師のものだったら、今度はその教師はどうやって理乃の動画を手に入れたのか、疑問が残る。

俺がそう言うと、衣川先輩は「少し調べてみる」と、管理画面を操作し始めた。

「ああ、やっぱりそうだわ」

独りごちる衣川先輩の続きの言葉を待つ。

「本当ならもっとPCのファイルのコピーが取れていてもいいはずなのよ。このPCに入ったRATは遠隔操作よりも情報を根こそぎ持って行くのが目的だから」

「どうしてあまり取れてないんですか？」

「オンラインの時間が短いからね。いつも夜の数時間しかオンラインにならない」

衣川先輩は文字の羅列を指す。それがなにを意味しているのかは分からないが、「23：07：12」という時刻のところだけは読み取れた。

「職員室にあるPCじゃなさそうですね」

職員室のPCだったら、朝の八時から夕方七時くらいまでは電源が入っているはずだ。少なくとも、夜の十一時頃だけ電源を入れるなんて動きにはならない。

「確かに――あら？」

別の情報を確認し始めた衣川先輩の指が止まる。

「職員室のESSIDが登録済みになってるわ」

「ESSID？　なんですかそれ」

「ワイファイ」

じゃあ最初っからそう言ってくださいよ。

あと、どうして衣川先輩は職員室のワイファイを知ってるんですかね。

「つまり、このPCは職員室のネットワークにつながっているってことですか？」

「現時点でそうかは分からないけど」

「じゃあやっぱり、先生のPCってことなのか……」

予想が二転三転し、今までの前提が崩れていく。

「でも、それだと昼間ずっとオフラインになっている理由が付かないわ」

「先生の個人用ノートPCってことは考えられないですか？　自分のノートPCを持ってきて、こっそり試験問題を持ち帰って家で仕事していたとか」

「ありそうなシナリオだけど、このPCには花子が入ってないのよ」

そうだった。

「じゃあ、職員室のネットワークに侵入した犯人のPC」

「……」

衣川先輩は黙り込んだ。

「あのUSBメモリ、理乃から回収したんですよね？」

「……どうしてそうだとお思いになるんですか」

急な敬語はバレバレだから気をつけた方がいいんじゃないですかね。

「だとしたら、これは理乃が乗っ取ろうとした梅屋のPCかもしれない」

「だから、どうしてそうだとお思いになるんですか」

怒ったように衣川先輩が言う。ぱっちりとした瞳《ひとみ》にぷくっとふくれた頬は必死に抗議をする子猫のようで、思わず笑みがこぼれる。

衣川先輩は口ではなんだかんだ言いつつ、理乃は援助交際もしてないし、試験問題を盗み出してもいない——そう信じたがっている。たとえすべての状況証拠が理乃が犯人だと言っていて、それを否定できなくても、ただ、信じたいんだ。

俺は夜の公園で話をしていた二人の姿を思い出す。そのときの衣川先輩の言葉が蘇《よみがえ》る。

——子供が大人の食い物にならないために、私たちは武器を持たなきゃいけない。

あのとき、確かに二人の間には言葉にしなくても通じ合うなにかがあった。だから、衣川先輩は理乃が犯人でなければいいと思いながらも、それを受け入れている。

でも、俺は違う。

理乃はきっと、変わってない。昔っから、きらきらした瞳で笑顔を振りまいて、見る人を幸せにしてくれる可愛い女の子——そう、理乃は最初からアイドルだったじゃないか。

今もあんなに夢に向かって頑張ってる理乃が道に外れたことをするはずがない。

「ああもう！」

俺は頭を掻《か》きむしって立ち上がった。

「どうしたの？」

「また、嫌われてきますっ！」

俺は振り返らずに階段を駆け下りた。

13

（——いた！）

学校を飛び出した俺は、図書館の自習スペースで理乃を見つけた。ふんわりしたウェーブ、綺麗《きれい》にまとめられたツインテール。何度も開いて小口の広がった参考書を傍らに置き、頭を捻《ひね》るたびに毛先が揺れる。

その隣には委員長こと九重美和がいた。すっと背筋を伸ばし、姿勢を崩さずに黙々と問題を解いている。ひょい、と理乃の方を覗《のぞ》き込むと、一言二言伝えてすぐに自分の勉強に戻った。理乃はそれから数秒遅れて「そっか！」と明るい表情を見せる。

俺の頭では、今ある情報だけでは真実にたどり着けない。だったら情報を増やすしかない。

でも、俺には衣川先輩のようにPCを乗っ取って捜査をするなんてことはできない。だから、本人に直接訊《き》くつもりだった。どうせ俺が知っていることもバレている。これ以上はなにも変わらない。

「理――」

俺は理乃に話しかけようとして、途中でやめた。問題が解けて喜ぶ理乃に、委員長が人差し指を唇に当てるジェスチャを見せたからだ。

この静かなスペースで伝えることではない。それに、勉強の邪魔をするのも悪い。

俺は読書室で待つことにした。幸い、ここにはたくさんの本がある。退屈はせずにすむだろう。

――気が付くと閉館の時間が迫っていた。

慌てて自習スペースに戻ったものの、すでに理乃たちの姿はなかった。

(今日はメイド喫茶でバイトだったはず――)

俺は踵《きびす》を返して駅に向かった。

秋葉原に着くと、メイド喫茶の前でバイトが終わるまで待つことにした。高校生だから十時には上がりになるはずだ。

だが、待ち始めてから一時間ほどで俺はその場を離れなくてはならなくなった。メイド喫茶のスタッフが「誰かとお待ち合わせですか」と丁重に声をかけてきたからだ。どうやらメイドの誰かのストーカーと思われたらしい。実際大差はない。

仕方なく駅のそばに移動して待っていると、思った通り十時過ぎになって理乃が姿を現した。だが、声をかける間もなく理乃は電車に乗り込んでしまった。

慌てて電車に飛び乗り、理乃の乗った車両を目指す。電車は意外と混みあっていて、三車両移動するのに二駅ほどかかってしまった。

（――いた）

理乃はつり革につかまり、参考書を開いていた。電車が揺れるたびに体が大きく揺れる。

「理――」

俺はかけた声を途中で飲み込んだ。理乃は参考書を開いたまま、うつらうつらと眠ってしまっていた。

付箋《ふせん》のたくさん貼られた参考書、つり革に体重をあずけてゆらゆらと揺れる細い腕、折れてしまいそうな華奢《きやしや》な腰――その小さな体で懸命に頑張っている理乃のわずかな休息を奪うことは憚《はばか》られた。

車窓に映った理乃は疲れ切っていて、桜色の唇が軽く開いていた。

もういい。

論理的な推理なんか知ったことか。俺は理乃が犯人ではないと信じる。それが真実だ。真実にしてみせる。理乃が犯人でなくても成立する図を考える。

考えろ。考えろ。考えろ。考えろ。

やっと一つ思いついても、すぐにその二倍の反証を思いつく。

それでも、考える。

結論ありきの思考の歪《ゆが》み、そんなことは構わない。たった一つでもいい。「ありうる」可能性を見つけられればそれでいい。たとえいかに不合理に見えても、それが可能な物であれば真実であるかもしれない。

駅が近づいてきて、パチンコ屋の派手なモニタが目に入った。そこに映し出されているのはアニメのキャラクタばかりで、気を付けて見ないとパチンコ屋のものとは気づかない。以前はアニメとパチンコはあまり関係なかった、と聞くけれど、あまりピンと来なかった。ただ単に玉を入れるだけのパチンコ台を想像してみたけれど、それはなんだか牧歌的な縁日のようで、むしろ微笑ましい風景に思えた。

とは言ってもパチンコは日本でもっとも普及している賭博《とばく》だ。確か、三店方式というシステムで法規制を免れていると聞いたことがある。パチンコ屋は客に玉を売り、客の玉と交換で景品を渡す。そして景品交換所は景品を売りに来た客から景品を買い取る。そうやって仕入れた中古の景品をパチンコ屋に卸す――。

ますてよ。

もし、この試験問題漏洩《ろうえい》事件でその三店方式が使われていたら？　犯人は理乃からなにかを受け取る。それを梅屋に渡し、試験問題を受け取る。そして理乃は梅屋になにかを――。

だめだ。成り立たない。

だが、三店方式は俺に新しい視点を与えてくれた。俺は今回の事件で犯人と梅屋だけが登場する図ばかりを考えていた。だから理乃が犯人かそうでないか、という二元論になる。

もし――もしも、この図の中に梅屋と理乃、そして犯人がいたとしたら。あるいは――試験問題漏洩と、ＵＳＢメモリを使ったクラッキング、この二つが別々の事件だったら――。

（ひょっとして――）

気が付くと電車は停車していて、俺は人の波に流されるようにホームに押し出された。

きょろきょろとあたりを見回すと、隣のドアから出てきた理乃と目が合った。

理乃は一瞬、驚いたような顔をしたが、すぐに俯《うつむ》くように顔を背けると逃げるようにエスカレータに向かった。

俺は後を追いかけた。

「祐。無駄だから」

エスカレータを降りたところで理乃が振り返る。

目の周りが赤い。理乃は尖《とが》らせた口で自嘲《じちょう》する。

「どうせすぐ、ジュニアアイドルなんかやってた子だから援助交際とかしてそう、なんて噂になるわ」

「俺は、理乃を助けるために追いかけてきたんだ」

「噂を止めるなんて無理よ。第一、その他大勢《モブ》の祐に何ができるのよ」

理乃はくるりと背を向けて立ち去ろうとする。

「事務所を通さないデビューを狙ってるのは、もう悪徳プロダクションに騙《だま》されないためだ」

理乃の足が止まりかけ、そして再びカツカツ、と歩き始める。まるで立ち止まりかけたことを恥じるかのような、いらだった足音だった。

「ジュニアアイドルのＤＶＤ出演は、理乃の夢に付け込んだそいつらのせいだ。しかも、その片棒を担いだのは――理乃の母親だ」

ハッとしたような顔で理乃が振り向く。

「なんで……そんなこと知ってるの」

「――すげえ考えたんだ。俺の武器はそれだけしかないから」

未成年である以上、保護者の同意がなければＤＶＤに出演なんてできない。父親か母親か、どちらかが関わっているはずだ。

そして、理乃は中学のときに両親が離婚し、それを機に引っ越している。学校も転校した。けれど、元の家の近くに住んでいた俺と同じ高校に通えるくらいなんだから、それほど遠くに引っ越したわけでもないはずだ。やろうと思えば、引っ越し後も同じ中学に通うことはできただろう。

そうしなかったということは、転校することも引っ越しの目的の一つだったということだ。もし、ジュニアアイドルのＤＶＤに出演していたことが学校にばれたのだとしたら、それはありうる話だ。しかも、そんな状況になればこの事件に関わっていなかった方の親もそのことを知る。そんな親からは娘を引き離したい、と思うのが自然だ。両親の離婚という事実にも合致する。

離婚したのに姓が変わっていないことから、父親が引き取った可能性が高いと考えられる。だとすれば、母親の方がこの事件に荷担していたことになる。

「ずっとアイドルを夢見ていたわけじゃない、て言ってたよな。一度は諦《あきら》めた夢でも、それでも諦めきれなかった。でも、あんなことがあれば父親が反対して当然だ。だから、騙されないようにするだけじゃなくて、父親を納得させるためにもいっぱい勉強してるんだろ。そんなにすり切れた参考書は試験問題をこっそり手に入れるようなヤツの参考書じゃない」

「……」

「俺はただ、理乃を信じるだけだ。身勝手だって言うんならそれでもいい。でもそれでも……それでも、俺にとって理乃は昔のままの理乃だ。ボイトレにダンス、勉強にバイト——それを手も抜かずにやってる」

「……」

「俺のようなその他大勢《モブ》になに言われたって負けないし、夢のためになにをやればいいかも考えてる」

「……」

「だから、俺は、俺が信じたお前を全力で助ける——理乃の人生は梅屋や脅迫犯のようなくだらないヤツが関わっていいモンじゃない。もう報われなきゃいけないんだ」

「脅迫犯」という言葉を聞いて、理乃の足がぴたりと止まった。

「……脅迫されるなんて、自業自得でしょ」

「理乃は被害者だ。悪いのは加害者だ」

「……きっと軽蔑《けいべつ》するよ」

「ありえない」

「……ほんとに、助けてくれるの？」

「約束する」

「じゃあ……もう……あんな嫌な……こと……はしなく……ていいのね？」

嗚咽《おえつ》にまみれた声はかすかな希望にすがるようにか細かった。ああ、と俺が答えると、堰《せき》を切ったように理乃の大きな瞳《ひとみ》から涙が溢《あふ》れ出した。

14

一ヶ月ほど前のことだった。

理乃の元に一通のメールが届いた。送信元に心当たりはなかった。

本文にはユーチューブのＵＲＬ。クリックするとランドセルを背負って振り向く、三年前の自分がいた。

ジュニアアイドル「りさ」のイメージビデオだった。

さぁっと血の気が引いた。すぐに停止ボタンを押す。

「なんなの一体――」

アップロードユーザのアカウントはいかにも適当につけました、というような文字の羅列。そして説明文には「個人撮影会開催のお知らせ」と書かれていた。

――あれから三年。当時の可愛さそのままに、エッチに成長した『りさＣＨＡＮ★』衣装持ち込みＯＫ！

「なにこれ――」

メールをもう一度見直す。ＵＲＬの下にはメッセージが続いていた。

――遅刻厳禁だＹＯ★　理乃じゃなかった、りさＣＨＡＮ（ＣＨＵ！）ブッチとか遅刻しちゃうと、公開処刑だからね（はーと）アイドルになりたくって、学校でもぼっちになりたくない理乃たんはそんなことしないって信じてるYO！

　気色の悪いメッセージ。だが、その内容が「撮影会に来なかったらジュニアアイドルをしていたことを学校はじめ広く暴露する」という脅迫であることは明らかだ。

　理乃は悩んだ挙げ句、結局取引に応じた。相手が誰だか分からない方が怖い。

　中学時代の制服、体操服、スクール水着——指示のあった衣装をバッグに詰め、理乃は都内のレンタルスペースに向かった。

　地下のその部屋は携帯も圏外で、余計に恐怖心が煽《あお》られる。

　覚悟を決めてドアを開けると、ニット帽にマスクで顔を隠した男が振り向いた。「ほんとにりさちゃんだなあ、かっわいいなあ」と感激したように言う。やや腹の出たTシャツにカーゴパンツといった格好は年齢が分かりづらかったが、声は中年のものだった。

「あの、今日の参加者は——」

　撮影機材をセッティングしていた男は「ああ、ボクだけだよ」とあっさり答えた。

　理乃はほっとした。単独犯なら勝ち目もある。

「報酬はこれでいいんだよね？」

　くるりと振り向いた男は小さなUSBメモリを差し出した。

「え？　報酬って――？」

「あれ？　千代《ちよ》ちゃんから聞いてない？」

千代？　誰のことだろう。

「『報酬はUSBメモリでりさちゃん本人に渡してください』って言われたんだけど」

「あのっ、千代ちゃんって誰ですか？」

「え、知らないの？」

男は驚いたように言う。

「――まあ、ボクも会ったことはないけど。さ、時間ないから準備しようか、りさちゃん。一応、そっちが更衣室だけど、ここで着替えてもいいからね、ひょっひょっひょ」

その気持ち悪い笑い声はどこかで聞き覚えがあった。

「更衣室使います」

「冗談だよ冗談、ひょっひょっひょ。千代ちゃんに怒られちゃうからねー」

上機嫌の男と対照的に、理乃はぞっとする嫌悪感を覚えた。更衣室代わりのウォークインクローゼットで中学の時の制服に着替える。

――まだ大丈夫。我慢できる。

理乃はそう自分に言い聞かせた。あのメールの差出人と千代は同一人物だろう。そして、千代はこの個人撮影会の報酬としてUSBメモリを指定した。

一体何が入っているのか。今持っているスマホでは見ることができない。

あの男は千代のことをあまり知らなそうだが、これはきっと手掛かりになる。

今、大事なのは自分の身の危険を回避すること、この撮影会で新たな脅迫のネタになることは避けること――そして、あまり考えたくないけれども、今日だけで手掛かりが足りないときのために次回につなげることだ。

これはあたしの戦いなんだ。頬をぴしっと叩《たた》いてクローゼットを出る。

「お待たせしましたぁ」

「おお、りさちゃんかあいいね！　なんか不機嫌そうだったから心配しちゃったよー」

男はカメラのファインダーから顔を上げると嬉《うれ》しそうに言った。

「そんなことないよー。撮影大好きだもん」

吐き気をこらえて作られたキャラを演じる。男は何度もセクハラまがいの言葉を理乃に投げかけてきたが、それを笑顔で受け流した。

「じゃあ、ボクが持ってきた衣装に着替えてくれる？」

「あー千代ちゃんに聞いてないですかあ？　初回は持ち込み衣装ダメなんですぅ」

バッグの中から紐《ひも》のような水着を取り出した男に、考えておいたセリフで返す。

「え、さっき千代って誰って言ってたじゃん」

「あれはぁ、『千代ちゃんってどんな娘《こ》ですか』って言ったんですよぉ。あたしも会ったことないから、もしかしたらお兄ちゃん会ったことあるのかなあ、って」

喉《のど》が渇く。

「あーそかそか」

「もー、りさの言うことちゃんと聞いてたぁ？」

かすれた声が不自然に聞こえなかったか、不安になったが杞憂《きゆう》だった。

「ねえお兄ちゃん。次ってあるのかな？」

機材を片付け始めた男に声をかける。

「なんかね、りさ、お兄ちゃんのような人もいるんだ、てびっくりしちゃった」

「ボ、ボクのような人って……」

「だからぁ、もし次があったらもうちょっとだけ、りさは勇気を出せるかも！」

ぱたぱた、とそのまま部屋を出る。そしてドアからもう一度顔を覗《のぞ》かせて一言。

「またね、お兄ちゃん！」

エレベータを待たずに階段を駆け上がり、店を出て裏路地に折れる。

道路標識につかまり、背を丸めると堪《こら》えていた吐き気が胃の底から湧き上がってきた。

「おぇっ」

——負けるもんか。

理乃はハンカチを口に当てると、涙目で虚空を睨《にら》んだ。

そのときスマホが鳴動した。メールの着信通知だった。

——おつかれさま、りさCHAN★　お兄ちゃんも大満足だったYO！　報酬のUSBメモリは駅のコインロッカーに入れておいてね。持ち帰ったらダメだゾ（はーと）

千代からのメールは相変わらず気色悪い文体だったが、理乃は目を輝かせた。

これはチャンスだ。

コインロッカーに入れた後、物陰から隠れて見張っていればいい。もちろんすぐに取りには来ないだろうが、そこは根気比べだ。

だが、メールには続きがあった。

——使うのは東口改札外のコインロッカーだYO。ここは荷物を入れるとQRコードのレシートが出てくるから、電車に乗って一駅以上離れてからそれをスマホで撮影、位置情報付きでインスタグラムに投稿してね（はーと）

犯人——千代も受け渡しのリスクは考えているらしい。

仕方なく、理乃は駅に向かい、指示に従ってUSBメモリをロッカーに入れ、レシートを受け取って電車に乗った。せめてもの抵抗で、次の駅で逆方向の電車に乗り換え、発車と同時に撮影、投稿してみたが、元の駅に戻った時にはすでにロッカーは開錠された後だった。

だが、まだチャンスはある。そのために吐き気のする媚《こび》も売った。

次はしっぽを掴《つか》んでやる——たとえそれが違法な手段であったとしても。

理乃はそう決意した。

次も報酬はUSBメモリだろう。あの中に何が保存されているのか。それを知るため、次の撮影会では衣装を詰め込んだバッグにPCを忍ばせておこう。スマホは圏外だが、無料のワイファイサービスがあった。そこからメールで自分宛てに送っておけばいい。

——でも、そのファイルだけで千代の正体が分かるだろうか。

例えば、千代のPCを乗っ取ることができれば、もっと情報を入手できるだろう。だが、理乃にはそんな技術はない。ＰＣを乗っ取られてファイルが全部暗号化された、というような話を聞くことはあるけれど、それは遠い世界の話としか思えなかった。

その認識を変えたのは、とあるＩＴ系の記事だった。

普段ならそんなサイトに目を留めることもなかったのだけれど、ＰＣ、乗っ取り、情報、窃取というような言葉で検索していたためか、検索サイトの方からお薦めコンテンツとして提示してきた記事だった。

それはＭＷａａＳ——マルウェア as a Service の記事だった。マルウェア——コンピュータの不正利用を行うプログラムを作成する技術がなくても、簡単に利用することができるサービスがアンダーグラウンドで流行しつつある、という。

それならば自分にも使えるかもしれない。理乃はそう思った。

そして、理乃はダークウェブと呼ばれるインターネットの裏世界で、ＵＳＢメモリに仕込むことができるマルウェアを購入した。

そのマルウェアが届いたのは二回目の撮影会を強要するメールが届いた直後だった。荷物の中身はＵＳＢメモリそのもので、てっきりダウンロードするものとばかり思っていた理乃は、そのＵＳＢメモリの中にあったファイルをＰＣにコピーして撮影会に臨んだ。

初回の撮影会では期待を持たせることでなんとか二回目にこぎつけることができた。だが、三回目はない。報酬のUSBメモリを受け取って、すぐに逃げることも考えたが、捕まったときのリスクが大きい。理乃は悩みながら当日を迎えた。

今回もやはり同じ男が一人だけだった。男は上機嫌で理乃に話しかける。

「やあ、りさちゃん。いつもかわいいね」

「え、いつも？」

「あ、いや、いつもこないだの写真見てるってこと」

「えへ、恥ずかしいな」

愛想よく答えながら、その妙な言い訳にこの男と日常的に会っている可能性を考える。だとしたら、ひょっひょっひょという不快な笑い声に聞き覚えがあるのも納得できる。

だが、肝心なところが思い出せない。どこで聞いた？　バイト先？　学校？　ダンススクール？　それとも図書館？　いっそのこと、マスクを引き剝《は》がしてしまうか。

でも、この閉鎖空間がそんな強硬手段を躊躇《ちゅうちょ》させてしまう。

「じゃあ報酬を先にもらってもいい？」

理乃が手を出すと男が「それなんだけどね」と頭を掻《か》く。

「前払いだと、りさちゃんの勇気が出ないかもしれない、でしょ？」

理乃は心の中で舌を打った。この男は「報酬はお前次第だ」と言っているのだ。

「ええ、でもぉ……りさやっぱり恥ずかしくて……こんなのくらいしかできないかも」

理乃がスカートの裾《すそ》をめくりあげると、水色と白のストライプ柄が露《あら》わになった。

「おお！　りさちゃんわかってるぅ！」

「やだ、お兄ちゃん、喜びすぎぃ。でも恥ずかしいからぁ、見るだけで撮影はダメ、いい？」

「えー撮影会でそれはないでしょー」

「じゃありさもうやんない」

ぷい、と拗《す》ねて見せると、男は「しょうがないなあ、りさちゃんは」と渋々了解した。

理乃は下にワンピース水着を着こんできて正解だった、と胸を撫《な》でおろす。

着替えのためにクローゼットに入ると、理乃は手早くPCを立ち上げた。そこに貼られたアクセスポイントに接続してパスワードを入力する。数字とアルファベットの無意味な羅列は入力しづらく、何度か認証エラーが出たものの、無事に接続することができた。

（あとは報酬をもらったら……）

PCのカバーをたたむと、理乃は体操服に着替えてクローゼットを出た。

男は前回よりも遠慮のない視線を纏《まと》わりつかせてくる。

心を閉じてしまえば楽になる。堕《お》ちてしまえば楽になる。

それでも、理乃はどちらも選ばなかった。男の目は自分を食い物にする大人そのものだったからだ。二度と食い物になんかならない。なるもんか。

撮影会と言う名の鑑賞会が終わり、報酬のUSBメモリを受け取った理乃は急いでクローゼットのPCに接続し、メールで送信する。だが、なかなか送信ができない。仕方なくデスクトップにファイルをコピーし、用意しておいたマルウェアを逆にUSBメモリにコピーした。

前回と同様、駅でコインロッカーにUSBメモリを放り込むと、今度はおとなしく指示に従った。報酬のファイルは暗号化されていて開くことができなかったが、あのUSBメモリから千代のPCがマルウェアに感染すればこっちのものだ。

マルウェアサポートから言われた管理サイトに接続すると、すでに感染したPCが一台あった。きっと千代のPCに違いない。動悸《どうき》を鎮めながらデスクトップをライブ表示しようとすると、急にPCの動作が重くなって落ちてしまった。何度やっても同じだった。

「ひょっとして、また……」

信じたくない考えが頭をよぎる。

ダメ元でサポートに連絡をしてみたところ、意外にも丁寧な対応だった。だが、ある時のメールをきっかけに「返金するのでUSBメモリを返送してくれ」と、サポートをしてくれなくなった。しかも、学校帰りに郵送しようと学校に持ってきていたのに、いつの間にか紛失してしまっていた。

試験問題漏洩《ろうえい》事件の噂が流れ、ひょっひょっひょという笑い声が梅屋のものだということに気づいたのはその翌々日のことだった。

15

「話してくれてありがと」

俺は小さな手でカプチーノのカップを握りしめる理乃に言った。二十四時間営業のファミレスのテーブルで、俺と理乃は向かい合って座っていた。時刻はすでに二十三時近く、こちらをちらちらと見る店員の目も穏やかではない。

「結局、あたしがうまく立ち回ろうとしてしくじっただけ」

理乃は淡々と言う。確かに理乃自身、事情はあるにせよジュニアアイドルの過去、教師との個人撮影会、マルウェアでの攻撃という、隠したい行いがたくさんあった。だから、事実よりも悪い援助交際や試験問題の不正入手という疑いに対して堂々と否定することができなかったし、状況も非常にまずいことになっていたわけだ。

「つまり、真犯人である千代は理乃の弱みをネタに撮影会を強要、それを梅屋に紹介してその見返りとして試験問題を要求した、ということか」

「たぶん、梅屋先生はあたしのＤＶＤを見たことがあるマニアなんだと思う。そうでもなければ試験問題の横流しなんて、そんな危険なことはしないと思うし。でも、あたしがその本人であることには撮影会のときまで気づかなかったみたい」

ありうる話だと思った。いくらなんでも「もしかしたらうちの生徒の中に元ジュニアアイドルがいるかも」なんて考えにはまず至らないだろう。ある意味、それも先入観だ。先入観は人の目を曇らせる。それに理乃の場合はサバを読んでいたということもある。

「それからマルウェアの件だけど、話を聞いてようやく分かった」

「なにが？」

「マルウェアに感染したのは千代のＰＣじゃなくて、理乃のＰＣなんだよ」

「え、どうして……？」

「あのマルウェアは中に入っているファイルじゃなくて、ＵＳＢメモリそのものなんだ。だから挿しただけでマルウェアに感染するし、逆に中のファイルをコピーしても感染しない。あのＵＳＢメモリを挿した時点で、理乃のＰＣが感染したんだよ」

詳しいことは分からないが、感染した自分のＰＣのデスクトップを自分のＰＣに表示させようとしたら無限ループに陥って落ちてしまうのは理屈に合っている気がした。

理乃は頭を抱えた。

「うわ、あたしってほんとにバカじゃん……。じゃああたしのPCってどっかから丸見えになってるってこと？」

「大丈夫。俺に心当たりがあるから、その人に頼めばきっと綺麗《きれい》にしてくれるはずだよ。明日、学校に持ってきてよ」

あとはマルウェア as a Service をやっていた衣川先輩が、どうして手のひらを返したようにサポートをやめてしまったのか、そして返品させるはずのUSBメモリをどうして自ら回収したのか——そこまでは問い詰めれば分かりそうだ。

ただ、千代のことは——。

「それで、どうする？」

俺は理乃に訊《たず》ねた。

「この事件を終わらせる——それは約束する。でも、千代のことはどうしたい？」

「どうしたいって——？」

「復讐《ふくしゅう》したいのか、しかるべきところに突き出したいのか、それとも正体が分かるだけでいいのか——」

理乃は少しだけ肩をすくめて、眉《まゆ》をハの字にして笑った。

「もういいや。祐に話したらなんだかすっきりしちゃった。もう全部ぶちまけようと思ってる。信じてもらえないかもしれないけど、あったことを正直に話す。梅屋先生には都合の悪いことになるだろうけど」

「そっか――」

「まずは美和ちゃんに相談してみる。あーあ、美和ちゃんに怒られちゃうなー。どうしてそんな大事なことを最初に私に相談しないの、って」

それが理乃の選択なら、それは俺がとやかく言うことではない。

でも――俺の選択が理乃の選択と同じでなければならない法はない。

――逃がさねえから。

俺は理乃に笑顔を向けたまま、脳裏に浮かぶ千代に誓った。

16

翌日の教室は朝から騒然としていた。

数人のグループがいくつもできていて、「まじだって」「やべえじゃん」という声が漏れ聞こえる。

「えーっと、たか……の、だったよな？　例の試験問題の話、聞いた？」

すすっと俺に近づいてきた男子生徒が話しかけてきた。名前も距離もおぼつかない俺にまで話しかけてくるなんて、よっぽど広めたくて仕方ない噂のようだ。

「いや、なにも？」

平静を装って訊《き》き返す。理乃はすでに動いたらしい。

「あれ、やっぱり流出してたらしいぜ」

「なんで分かったの？」

「昨日の夜、うちの学校にタレこんだヤツがいるんだって」

「誰、それ」

とぼけて訊ねる。

「さあ、匿名だから分かんねえけど、学校の問い合わせ窓口に試験問題を添付したメールが届いたんだってよ」

「なんだって？」

予想外の行動だった。これは理乃の仕業ではない。もちろん、衣川先輩でもないだろう。だとしたら――これはちょっとまずいかもしれない。

俺は話を切り上げると、スマートフォンを操作してチャットツールを立ち上げた。シグナルというそのチャットツールに登録されている連絡先は衣川先輩だけだ。衣川先輩もLINEを使えばいいのに、と思うのだけれど頑《かたく》なに拒否されている。もっとも、LINEだって登録されている俺のフレンドは家族だけなんだけど。

『いますか、先輩』

『なに？』

返事はすぐにきた。

『今すぐ、出てこれますか？』

『あなたの後ろにいるわ』

なにそれ怖っ。メリーさんかよ。教室の後ろの引き戸の方を見ると、壁に手をつき、肩でぜいぜい息をしている衣川先輩がいた。

「はぁはぁ、待たせちゃってごめんね、祐」

突然の学園一の美少女の闖入《ちんにゅう》に、タスクって誰だよ、というざわつきが起きる。

俺だよ。

「おはよー」

そのとき、ちょうど理乃がやってきた。みんなのざわめきがしん、と静まりかえる。理乃はその様子に気づかないのか、かまわずにつかつかと自席に向かう。

いや、気づいていないはずはない。誰にも話しかけずに席に向かったのがその証拠だ。

理乃は鞄《かばん》を置くと、すぐに俺たちのところに戻ってきた。衣川先輩に「ども」と軽く頭を下げると、俺にノートPCを差し出す。

「祐、昨日はありがと。これ、お願いしていい？」

「なに？　このPC」

「なんか、マルウェアに感染しちゃったらしいんですよね、あたしのPC。それで祐が直してくれるって」

俺に訊ねた先輩に理乃が答える。

「ふうん、祐がねえ」

先輩の声が冷ややかなのは気のせいだろうか。俺は焦って言う。

「そうじゃなくて、直せる人を知ってるからその人に頼むって言ったんだよ。ともかく、これは預かるね」

俺がノートPCを受け取ろうとしたときだった。

教室の前の引き戸ががらっと開き、担任が入ってきた。

「西村、いるか？」

「あ、はい」

「お、なんだお前。PC持ってきてるのか」

担任は目ざとく理乃の手元のノートPCを見つける。そこまでうるさくは言われないもののの、授業に不要なものの持ち込みは禁止されている。

「すいません、これはその」

「ちょうどいい、それ持って来い」

「え、あの」

「ほら、急げ」

せき立てられるように理乃が教室を出て行く。クラス全員が固唾《かたず》を呑《の》んでその様子を見守っていたが、ピシャリと戸の閉まる音を合図にするかのようにざわつき始めた。

「やっぱ西村が犯人かよ」

「みんなが真面目に勉強してるのにずるいよね」

先日から今朝にかけての噂、そして異例とも言えるホームルーム前の教師からの呼び出し。理乃が重要参考人として呼ばれたであろうことは容易に推測できた。だが、真実はすぐに明らかになるはずだ。

そのとき、俺はとんでもないことに気づいてしまった。あのPCを見られるとまずいんじゃないのか？

「すいません、衣川先輩」

「なに、祐」

「ちょっと付き合ってもらえませんか」

「うん！」

なぜかぱあぁぁっと顔をほころばせた衣川先輩の手を引いて、俺は廊下を走った。

17

俺はいつもの階段で、昨日あったことを早口で話した。理乃が脅迫されていたこと、梅屋からUSBメモリを受け取って脅迫者に渡していたこと、マルウェアを購入したものの、扱いを誤って自分のPCに感染させてしまったこと――。

「なるほど、そういうことね」

衣川先輩はノートPCを開いて管理サイトに接続した。前回と同じPCがオンラインになっているのを確認して接続する。スピーカアイコンをクリックすると音声が流れてきた。

『確かにこれは私が作成した問題です』

梅屋の声だった。驚いて衣川先輩を見ると、「西村さんのPCのマイクをONにしたわ」と事も無げに言った。

なるほど、ある意味盗聴器のようなものだ。これで今、なにが起きているのか分かる。

『西村さん、あなたはこのファイルに見覚えはありますか？』

今度は校長の声だ。どうやら理乃は校長室に連れて行かれたようだ。

『分からないです……けど、あたしは取ってません。あたしは、その、梅屋先生には』

『私はなにも関係ないですよ、西村とは。教科も担当してませんし』

梅屋は理乃の言葉を上書きするようにかぶせてくる。

『でも、この問題は西村さんが手に入れたもの、という告発があったのですよ。関係ないのならどうしてあなたの名前が挙がるのでしょうか』

『分かりません……でも、梅屋先生は誰かに試験問題を渡していました』

『誰か、てそういうあやふやなことを言って言い逃れするんじゃない！　お前はボクのファイルを盗んだんだろ？』

『盗んでません！』

『校長先生、ハッキングって言ってですね、今、コンピュータを使った犯罪はすごく増えてるんです。それも、そういうことをするハッカーってのは西村くらいの年の連中がいっぱいいるんですよ。私もコンピュータ部の顧問をやってるから知ってるんですが』

「梅屋はコンピュータ部の顧問だったのか。初耳だけど」

「名ばかりなんでしょ。ハッキングとクラッキングの区別もつかないなんて」

「そ、そうですね」

内心の焦りをごまかしながら答える。衣川先輩はどちらなんだろうか。

『ハッキングとかやるヤツはサイコパスが多いんです。息をするように嘘をつくから、ほんとびっくりするようなこと言い出したりするんですよ。でも、西村のＰＣを調べれば証拠が残っているはずです』

『あっ……待って』

『ほら、パスワードを入れろ。変な真似はするなよ』

『ちょっと、待って。待ってってば！』

理乃も気づいたようだ。以前に見たときのままだったら、デスクトップには試験問題の圧縮ファイルがある。

『だめだ。なにか隠すつもりだろ？　ほら、校長先生。ＰＣを見られそうになった途端に急にこんな様子ですよ』

『西村さん、あなたがそういう態度を取ると疑わなければならなくなりますよ。あなたが見られたくない情報もあるかもしれませんが、私たちは口外しませんから』

ノートPCに新しくウィンドウが開き、梅屋の顔が大写しになった。

「カバーを開いたからインカメラが有効になった」

「へえ、すげぇ——って、そんなこと言ってる場合じゃない！」

かち、かち、というクリック音が続く。

『どうですか、梅屋先生』

『見えるところには……ないですね。でも、見てくださいこれ。このゴミ箱にゴミが溜《た》まってますよね。これを開けば消したファイルも見られるんです。ほら、今年の一月からずっと残ってますから、証拠隠滅しようとしても……あれ？』

『ありましたか？』

『いや、ないですね……』

俺はふぅーっと一息ついて額の汗をぬぐった。間一髪、デスクトップに残したままだった試験問題の圧縮ファイルを、遠隔操作でゴミ箱を経由せずに削除したところだった。

「本来なら復旧できないように完全削除したいところだけど、仕方ないわね」

衣川先輩は不服そうにぼやく。

「それより、今、彼女のPCってどこにつながってるのかしら。こうやって今、様子が見られるってことはインターネットにつながっているってことでしょ？」

　そのとき、スピーカから梅屋の得意げな声が聞こえてきた。

『ほら、このPCからネットワークを開くと職員室のすべてのPCが見えているんですよ。つまり、このPCは今でも職員室のネットワークに侵入しているんです！』

　理乃が職員室のネットワークに侵入？　どういうことだ？

「衣川先輩。理乃が職員室のネットワークに侵入してるなんて、そんなことありうるんでしょうか。あいつ、そんな知識なんかないですよ」

「侵入という言葉が適切かどうかはさておき、接続はしてるわね」

「なんで、そんなことが……」

　愕然《がくぜん》とする俺に、先輩は涼しい顔で答える。

「別に驚くことじゃないわ。だって、職員室のESSIDが登録済みだって言ったじゃない」

「ESSID……あっ、ワイファイのことか」

　思い出した。初めて乗っ取られたPCを見せてもらったとき、先輩はこのPCには職員室のワイファイが登録されている、と言っていた。あのときはそれが理乃のPCかどうか分からなかったから、職員室のネットワークに侵入した犯人のPCじゃないか、と言ったけれど、それが理乃のＰＣだと判明した今となっては意味が分からなくなった。

理乃は試験問題漏洩《ろうえい》事件の犯人じゃない。試験問題は千代と梅屋の取引に使用されたものだから、そもそも犯人自体が存在しないはずだ。あえて言えば梅屋自身が試験問題を漏洩させた犯人、ということになる。

それなのに、どうして理乃のＰＣが職員室のネットワークにつながっているんだ？

『し、知らない！　どういうことか分かりません！』

『とぼけるな、これが動かぬ証拠じゃないか。校長先生、ネットワークに入りさえすれば攻撃方法はいくらでもあるんです』

『梅屋先生、職員室のネットワークはそんなに簡単に入れるんですか？』

ひとり、冷静な校長の声が聞こえてくる。

『普通は無理です。ステルス設定しているので、無線の接続先自体見つけることができません。こいつは相当、詳しいですよ。見かけによらないもんだ』

衣川先輩がぷっ、と吹き出す。俺がきょとんとしているのを見て、可笑《おか》しそうに言う。

「先生たちのＰＣは『お客様の中になんちゃらかんちゃらというＥＳＳＩＤの方はいらっしゃいませんか』と大声で探し回るわけよね？」

衣川先輩は医者を探すキャビンアテンダントの真似をする。

「教室にいろんな人がきて、繰り返し『祐いる？』って訊《き》いてきたら、クラスメイトの名前を覚えていなくても、うちのクラスには祐って人がいるんだな、って分かるでしょ」

「そりゃ、そうでしょうね」

「ステルスＥＳＳＩＤも同じよ。アクセスポイント自身がアナウンスしなくても、周りからばれるわ。同じＥＳＳＩＤのアクセスポイントを作ってなりすますことも簡単だし」

　衣川先輩は早口でワイファイの認証の仕組みについて説明した。普段なら半分聞き飛ばすところだが、今は少しでも「武器」がほしい。細かいところまでは理解できなかったが、無線ネットワークは開けっぱなしのドアで安全を守らなければならないものだということは分かった。

「じゃあ、専門家に見てもらえば、梅屋が言ってることがおかしいってことはすぐ分かりそうですね」

「さあ、それはどうかしら」

「え？」

　衣川先輩は居住まいを正して向き直った。

「梅屋先生の狙いは明らかだわ。西村さんが不正アクセスをして、自分のＰＣから試験問題を盗んだ。西村さんが凄腕《すごうで》のクラッカーだからできたことで、自分に落ち度はない。そう言いたいわけよね」

　俺はうなずいた。

「セキュリティインシデントを起こしたところは大抵そう思いたがる。『自分たちはできるだけのことはやっていた。相手がそれを上回る凄腕だっただけで、自分たちに責任はない』とね。だから、本当は大きな穴が開いていたとしても、それを認めたがらない」

「でも校長先生のような上の人だと、梅屋に『お前の責任だろ』と言えるんじゃないですか？」

　衣川先輩は首を横に振る。

「今は監督不行き届きってことで上司にも責任が問われるのが普通。だから、上司も部下も思惑が一致してるのよ。『ボクのせいじゃない』と言って責任逃れをしたい部下と、『お前は悪くない。だから、俺も悪くない』と言いたい上司とね」

　なるほど。梅屋はそれを分かっていて、校長にたたみかけているわけだ――専門家を呼んで調査することもない、と。

「つまり――」

「時間はない、てことですね」

　衣川先輩はこくん、とうなずいた。俺は二段飛ばしで階段を駆け下りた。

18

「失礼します！」

俺はノックもせずに校長室に駆け込んだ。

はっとした顔で振り向く梅屋。その横には泣きそうな顔の理乃。

二人は校長室の豪奢《ごうしゃ》な机の前に立っていて、その二人の間に校長が見えた。校長は痩《や》せた初老の女性で、机に両肘《りようひじ》をついて組んだ両手の上に顎《あご》を乗せている。

「祐……？」

「誰ですか？」

理乃の顔にはただただ困惑だけが広がっていた。

無理もない。この場で理乃を助けることができるのはコンピュータの専門家だけだ。俺のようなその他大勢《モブ》の素人《しろうと》ではない。

それに、俺になにか考えがあるわけでもない。でも、このまま梅屋のペースで話を進めさせたら取り返しがつかない。

「あ、あの……」

「なんだ？　いきなり。勝手に入ってくるんじゃない」

梅屋の呆《あき》れたような顔の向こうに、校長の無表情な顔が見えた。気圧《けお》されるように一歩下がると、悲しげに睫毛《まつげ》を伏せる理乃が目に入った。俺がなにか言ったところで、所詮《しょせん》素人。「分かったから出て行け」と言われる近い未来が容易に想像できた。この中でのコンピュータの専門家は梅屋なのだ——実態がどうであれ。

マホガニーの重厚な机の前はまるで、被告席のようだった。

歴代校長の肖像画も、毛足の長い絨毯《じゅうたん》も、豪奢な優勝旗も、俺が場違いだと言わんばかりの存在感で迫ってくる。その他大勢《モブ》には華やかなスポットライトは当たらなくて当然だ。

俯《うつむ》くと理乃のハイソックスが目に入った。あの夜の公園で見た、子供っぽいチェリーのワンポイント。大人の食い物にならないために、理乃がずっと必死で足掻《あが》いていることを知ったあの日——なのに、俺は相変わらずその他大勢《モブ》のままでいいのか。

俺はふぅ、と息をつくと校長に向かって言った。

「すいません、校長先生。西村さんと同じクラスの鷹野です。威圧的な教師と生徒を二人並べて詰問するこの状況が適切だとは思えません」

「詰問じゃない、事情聴取だ」

梅屋が口を挟む。校長は俺の顔をじっと見て、静かに言った。

「梅屋先生、それも違います。私はただ、あなたの報告を聞いているだけです」

「……失礼しました。言葉の綾《あや》です」

梅屋は悔しそうにこちらを睨《にら》み付ける。校長は俺の方を向き直って同じ口調で言った。

「ですので、もし、あなたがなにか私に伝えたいことがあるのなら、それは後でお聞きします。大人同士の話に割り込んでくるのは非常識です」

校長の言葉に一転して勝ち誇ったような顔を見せる梅屋。無表情な校長の瞳《ひとみ》が鉄壁のようだ。だが、ここで引くわけにはいかない。この機会を逃したらもう終わりだ。

「聞いてください、校長先生！」

「大声を出さないでください。話は後で聞くと言ってるじゃないですか」

「後じゃ遅いんです」

「ほら、いい加減にしろ」

「待ってください、校長先生。じゃあせめて、専門家を呼んで調べてください」

肩を摑《つか》む梅屋の腕を振りほどいて、机に両手をついて訴える。

「それは私が総合的に判断します」

「それじゃダメなんです！」

梅屋が俺の両肩を摑んで机から引き剝《は》がす。校長は俺から目を逸《そ》らさずに机上の受話器をとった。

「私ですけど、そこにどなたかいますか？　……じゃあ、鈴木先生にすぐ、こちらに来てもらうように伝えてください。大至急です」

鈴木……確か、情報実習の助手のはずだ。専門家とまでは言えないのかもしれないけれど、それでも希望はつながった。

「失礼します！」

だが、ドアを開けて入ってきたのは体育の鈴木先生だった。

同じ鈴木先生でも鈴木違いだ。

そう思った俺をよそに、校長先生は冷たく言い放った。

「鈴木先生、申し訳ないですけれどその生徒を連れて行ってください」

人違いだとばかり思っていた俺は「えっ」と言葉を失った。

校長先生が求めたのはコンピュータの専門家の意見じゃない。俺をつまみ出すための腕力だったんだ。

体育教師が「ほら、来い」と俺の肩を摑む。

「いい加減にしろ！」

「待ってください。校長先生、聞いてください！」

マッチョで鳴らす体育教師の力は梅屋の比じゃなかった。机にしがみつく俺を片腕で軽々と持ち上げ、肩に担いで廊下に出た。

「待ってください、校長先生！　くそっ、放せよっ！」

「こらっ、暴れるな！　んぐっ」

ばたばたと暴れる俺の膝《ひざ》がわき腹に入り、体育教師が膝をついて悶《もだ》える。その隙に校長室のドアに駆け寄った。だが、ドアにたどり着く前にものすごい勢いで後ろに吹っ飛ばされ、壁に叩《たた》き付けられた。

「かはっ」

「ガキがなめるなよ。手間をかけさせるな」

ジャージの袖《そで》をまくり、丸太のような腕を誇示しながら体育教師が近づいてくる。

そのときだった。

俺と体育教師の間をなにかが飛んでいった。次の瞬間、ガシャン、とそのなにかが廊下に落ちて転がりながら滑っていった。

俺と体育教師は唖然《あぜん》として、その方向を向く。それは生徒用の机だった。

なんで机が飛んできた……？

そして二人してシンクロするように机が飛んできた方に向き直る。

そこには片手で椅子の足を掴んで引きずりながら、漏れ出す殺意を隠そうともしない白髪鬼がいた。

「祐になにをしているのかしら」

「ま、待て誤解だ衣川」

その殺意が自分に向けられていることに気づいた体育教師は、なだめるような形に両手を上げる。だが、衣川先輩は瞬きもせず、ゆらり、ゆらりと体育教師に歩みを進めていく。

「聞こえなかったの？　私は訊《き》いているのよ」

まるで重さがないかのように、すっと椅子を振り上げる。

「祐になにをしているのかしら」

「わ、悪かった衣川。だから、な、落ち着こう」

「私は落ち着いているわ。人中、水月、明星、釣鐘……ほら、ちゃんと全部言える」

衣川先輩は体育教師の体を椅子で指しながら、人体の急所を一つ一つ数え上げる。

「ひぃっ」

ついに体育教師は逃げだし、それを衣川先輩はゾンビのような足取りで追いかけていっ

た。

俺は腰を上げると校長室のドアに飛びついた。せっかく衣川先輩が作ってくれたチャンスを逃すわけにはいかない。

だが、ドアは施錠されていて開かない。

「校長先生、聞いてください！　校長先生！」

扉をどんどん、と叩く。施錠された扉はびくともしない。

「校長先生！　開けてください！」

中から「きゃあ」という声が聞こえた。続けてカチリ、と鍵《かぎ》の開く音。

「祐……」

そこには梅屋にセーラー服の袖を掴まれて、理乃が立っていた。襟元が乱れ、ブラのストラップが見えている。肩口は少しほつれていた。

「理乃、大丈夫か」

「うん」

理乃は襟元を整えながら答えた。鍵を開けようとした理乃を梅屋が邪魔しようとしたのだろう。俺が睨み付けると、梅屋は「わざとじゃない」と苦々しげに目を逸らした。

校長先生はため息をついて言った。

「二分だけです。いいですね？」

「ありがとうございます」

俺は頭を下げ、一息ついてから話し始めた。

「たとえば校長先生、職員室の無線接続を探すのは相当なハッカーじゃなければできない、という大嘘を見抜くことができますか？」

「なにを……」

梅屋が言葉を飲み込み、沈黙が続く。盗み聞きしていたのか、という言葉はその場の誰からも出なかった。梅屋が苦々しげに口を開く。

「……校長、ちょっと言い過ぎたかもしれません。少し詳しければできるでしょう。でもそれは、西村が相当なハッカーではないかもしれない、というだけの話で、西村がネットワークに侵入したという事実に変わりはありません」

校長が言葉を促すように俺を見る。

俺はゆっくりとうなずいてから話し始めた。

「確かに、西村さんのPCは職員室のネットワークに接続しています。でも、それは侵入したということとイコールではありません」

「許可していないんだから、侵入だろう！」

大声を上げる梅屋を制するように、校長がすっと手をかざす。視線は俺に向けたままだ。

「あなたの口ぶりだと、侵入せずに接続する方法があるように聞こえますが」

俺は「はい」とうなずいた。

「職員室の無線ネットワークに接続するために必要な情報はＩＤとパスワード、この二つだけです」

「それは当たり前の話ではないですか？　アマゾンもフェイスブックも、ＩＤとパスワードでログインしますよね」

「ええ。でも、それは一人一人に割り当てられたＩＤを使いますよね。無線ネットワークの場合はそうじゃありません。アクセスポイントごとにみんなが同じＩＤを使っています」

「今、そういう技術的な話をしてもしょうがないだろうが」

梅屋が割り込んでくる。まあそう来るだろう。これから梅屋にとっては都合の悪い話になっていくのだから。俺は校長の興味を引くために、ＥＳＳＩＤという言葉も避け、平易な説明を続けた。

「そして、このＩＤは管理者が自由に付けることができます。つまり、この職員室と同じＩＤを持ったアクセスポイントをどこか別のところに作ることもできるわけです」

「そうするとなにかいいことがあるのですか？」

「例えば、職員室と自宅の無線のＩＤとパスワード、両方を同じにしておけば、なにも設定を変えず、シームレスに両方に接続できるんですよ。学校のＰＣを自宅に持ち帰って仕事を続けるときなんか便利でしょうね」

「ＰＣの持ち出しは禁止されているはずですよね」

校長がちらりと梅屋を見遣《みや》る。

「その通りです。禁止されています」

「不可能ということですか？」

「……まあ可能かと言われれば可能でしょう。あくまで規則で縛っているだけなので」

梅屋はむすっとした様子で答える。

「ここからが本題です。もし、職員室と同じＩＤ・パスワードのアクセスポイントがどこかにあったとして、そこに西村さんが接続したことがあったとしたら、どうでしょうか。先ほどとは逆に、西村さんのＰＣは勝手に職員室のネットワークにつながってしまいます」

さっき、体育の鈴木先生が校長室にやってきたことで俺はそのトリックに気がついた。

俺はてっきり、校長先生は情報実習助手の鈴木先生を呼ぶため、職員室に電話をかけたと思っていた。でも、実際には校長先生は体育準備室に電話をかけていた。

どちらにかけても校長先生が「私ですけど、鈴木先生を呼んでください」と言えば鈴木先生が来る。同じように、違うアクセスポイントであっても同じＩＤとパスワードが設定されていればつながってしまう。

「そんなの机上の空論だ。どこにそんなアクセスポイントがあるっていうんだ」

「あれ？　言ってもいいんですか、ふーみん」

梅屋の息を呑《の》む音が聞こえた。面白いように顔の表情が硬直していく。

ふーみんは梅屋の裏アカのハンドルネームだ。

「たとえば、どこかのクローゼットに『フリーワイファイ』と書いて、ＩＤとパスワードを貼っておけば、それを見た西村さんが接続してもおかしくないでしょう。西村さんは知らないうちに職員室のネットワークを登録させられていたんです」

「そういうことか……」

理乃が合点がいった、というような顔でつぶやく。二度目の個人撮影会で、理乃はクローゼットに貼ってあった案内に従ってノートＰＣをアクセスポイントに接続した。考えてみると不自然だった。フリーワイファイなのに入力しづらいパスワードは職員室のものと同じにしていたから、接続できているのにメールの送信ができなかったのは圏外だったからだろう。

「そうやって西村さんは『職員室のネットワークに侵入した』という状況を作らされたん

です」

「なんのためにですか？」

校長先生の問いに一呼吸置いてゆっくりと答える。

「試験問題の横流しが発覚したときの犯人役にするため、ですよ」

「校長、これ以上子供の妄言に付き合う必要はないですよ。きっとこいつもサイコパスです。みんなでたらめだ！」

大声を張り上げる梅屋を校長が制する。俺は静かに続けた。

「梅屋先生、スマートフォンのテザリングをご利用ですよね。今ここでＥＳＳＩＤ見せてもらってもいいですか？」

「……」

梅屋は答えなかった。その態度がすべてを物語っていた。

「梅屋先生、ふーみんとか、クローゼットとか、突然不自然な単語が出てきて私は混乱しているのですけれど、後で説明をしていただけますか。それから西村さん。あなたにも個別にお話を聞かなければならないようですが、もし、女性のカウンセラーが良ければおっしゃってください」

校長は俺の言葉からなにやら察したようだった。技術には明るくなくても、さすがは校長だと素直に感心した。

俺と理乃は校長に頭を下げると校長室を後にした。梅屋は俯《うつむ》いたまま、こちらに恨めしげな視線を向けていた。

「ほんとに助けに来てくれるとは思わなかった——ありがと、祐。ほんとに、ほんとにありがと」

理乃は俺の右手を両手でぎゅっと握って言った。

「昔の祐みたいでかっこよかったよ」

「どうも、不器用なのは変わってないみたいだ」

「なにその返し」

理乃はけらけらと笑った。

誰も傷つけないために、その他大勢《モブ》になろうと思った。でも、その他大勢《モブ》だって人を傷つけてしまう。夢を諦《あきら》めた俺はただ、人を助ける力を失っただけだった。

それに気づくまでに十年もかかるなんて。不器用にもほどがある。

この後、理乃と梅屋にどういう処分が下るのかは分からない。だが、少なくとも理乃は学校から見たら巻き込まれた被害者だし、悪くてもせいぜい口頭注意で済むだろう。梅屋はどこまでばれるか次第だろうけど。

俺たちはすでに授業が始まっていた教室に戻り、事情を知らない国語教師に怒られながら席に着いた。衣川先輩がどこまで体育教師を追いかけていったのか分からないけれど、ちゃっかり先に戻っていたようだ。スマートフォンにはサムズアップの絵文字だけが届いていた。

そして、俺は千代を呼び出した——。

19

放課後。俺はいつもの階段にいた。

「何の用なの」

微《かす》かに怒気を含んだ声は緊張を隠すためだろう。俺は壁にもたれかかると腕を組んだ。

「分からないことだらけではあったんだけどもね」

俺はそう言うと一呼吸置いて話し始めた。

「最後まで分からなかったのは、なぜあんたがこの試験問題漏洩《ろうえい》事件を告発したのか、ということだったんだ。あんたが理乃を脅迫し、梅屋相手に個人撮影会をさせる。その見返りに試験問題を受け取る。理乃も梅屋も、あんたが誰なのか分からない。取引はうまくいっていた」

眼鏡の奥では俺を睨《にら》み付ける瞳《ひとみ》が細かく揺れている。握りしめた手に力が入っているのが見てとれた。

「でもあんたはそれをやめることにした。やめるだけでなく、ぶちまけて幕を引こうとした。そのタイミングは二回。一回目のときは理乃と梅屋が援助交際しているというデマを流した。そして二回目はもっと直接的に、試験問題そのものを送りつけた」

薄暗い階段から、階下の廊下に反射する窓の光が見える。少ししか離れていないのに、ずいぶんと明るさが違う。グラウンドからかけ声が聞こえ、続けてバレーボールを叩《たた》く音が響いた。俺は薄暗い階段に立つ千代に視線を戻して続けた。

「それはなぜか。自分の正体を隠すのに細心の注意を払っていたあんたが、自分の身に危険が及ぶ、と察したからだ。つまり、やばい、と感じたことが二回あった。一回目はマルウェアの感染だ」

千代は俺の言葉に眉根《まゆね》を寄せる。実際には感染していないはずだが、それは黙っておく。

「理乃から受け取ったＵＳＢメモリに入っていたファイルは試験問題の圧縮ファイルだけじゃなかった。ｒｅａｄｍｅ．ｍｄというファイルがあった。それをメモ帳かなにかで開いたあんたは血の気が引いただろう。そこには『このＵＳＢメモリを挿すだけでマルウェアに感染する』ということが書かれていたからだ」

理乃が入手したマルウェアはUSBメモリのファームウェアを書き換えたもので、メモリそのものにはマルウェアの取扱説明書であるreadme.mdが置かれていた。それ自体はなんの悪さもしないファイルだが、理乃はそれがマルウェアだと勘違いしてコピー、さらに犯人がそれをコピーした。

犯人にとってはその内容は理乃からの挑戦状のように見えただろう。

「なんのことを言っているか分からないわ。どうしてそれが私だということになるの」

後半のセリフは余計だった。本当に犯人でないなら俺の話に付き合う必要はない。犯人だから、俺の言葉を聞いた上で論破したくなる。

「昨夜、あんたは試験問題自体をメールで送りつけた。おそらくどこかの漫喫のPCを使ったんだろう。マルウェアに感染した自分のPCは使えないだろうからな。でも、なぜ急にそんなことをしようとしたのか。それは理乃がすべてを暴露する、ということを知り、慌てたからだ」

千代は口を開きかけたが、すぐにつぐんだ。下手な発言はかえって首を絞めることになる。正しい判断だが、無駄だ。

「まだある。そもそも『ジュニアアイドルりさ』のことを知っている人物は少ない。だが、同じ中学で近くにいた人物なら知っている確率は高い。しかも、自分以外から漏れることがあるようであれば脅迫自体が成り立たないから、犯人は今までそのことをずっと黙っていたということになる。もしかしたらそのことを知っている唯一の人物だったかもしれない」

「そうとは限らないわ。最近になってそのことを知った、ということだって考えられる」

「『ジュニアアイドルりさ』はスルーかい？」

　はっとした顔を見せる。犯人でなければ「なんだそれ」と引っかかるところだ。嘘をつくとき、「知らないはず」の情報がどれなのか、正確に把握することは難しい。

「それから、USBメモリ受け渡しの手順。ロッカーにUSBメモリを入れ、開錠キーとなるQRコードを位置情報付きで離れたところからインスタグラムに投稿させる——一見すると理乃がロッカーに戻ってくるまでの時間を十分確保できる方法に見える。だけど、そんなのは二人で協力すれば簡単に破ることができる。ネットワークを使わず、わざわざUSBメモリで受け渡しをするくらい慎重なあんたがその危険性を考えていないわけがない。もし、理乃が協力を求めてくるとしたら、それは自分だという確信があったからだ」

「——証拠は？」

「PCを立ち上げれば分かるさ。管理サイトはこちらが押さえてる。感染していればすぐに分かる。そうすれば犯人確定ってことだ」

はったりだ。証拠はなにもない。だが、俺は目の前の眼鏡の女が犯人であることを確信していた。

「チェックメイトだ、千代——いや、委員長」

委員長こと九重美和は何も言わず、ただ俺を睨み付けていた。

20

「ほんとに祐って、コンピュータの知識ないの？」

「衣川先輩に教えてもらったじゃないですか」

「……あれだけで梅屋先生のトラップを見抜くなんて……」

翌日の昼休み、いつもの階段。俺はノートPCのキーを叩く衣川先輩の横に腰掛けていた。

「それで？」

俺の話を聞き終えた衣川先輩はモニタに目を落としたまま訊《き》いた。十本の指が滑らかにキーボードの上で踊る。

「それでもなにも、それでおしまいですよ」

衣川先輩の指が止まり、傾げるように顔を上げる。

「どうしました？」

「委員長のこと、西村さんには言わないの？」

「そうですね。俺としては――真相が分かればそれでいいのかもしれません」

「かも？　ずいぶん曖昧《あいまい》ね」

そうかもしれない。

あの後、委員長はすべてを告白した。

この学年の中で、理乃と委員長はただ二人だけの同じ中学出身だった。正確に言えば、理乃は一度転校をして、高校で委員長と再会した、という形だ。

最初の中学時代、理乃は過激な水着姿のＤＶＤを出していたことが学校側の知るところとなり、大問題となった。だが、それは両親の離婚、そしてそれに伴う転校という形で幕を引くことになった。ＤＶＤに娘を出演させていたのは母親の方だった。そのことを知った父親は激怒し、妻に離婚届を突きつけて娘を引き取ったのだという。

高校に入り、理乃は委員長との再会を無邪気に喜んだ。だが、委員長の方はそのことを素直に受け止めることはできなかった。中学のときから勉強一辺倒だった委員長にとって、ジュニアアイドルの過去を持つ理乃は蔑視《べっし》の対象だったからだ。

しかも、理乃の転校先はちょっとした進学校で、その環境によるアドバンテージだけで自分と同じ高校へ入学してきた。第一志望校の受験に失敗し、滑り止めで入った高校とはいえ、勉学のみにすべてを捧《ささ》げた自分が理乃と席を並べることは屈辱だった。同じ中学出身のよしみでなにかと慕ってくる理乃と表面上は仲良くしつつも、そんな暗い感情は少しずつ堆積《たいせき》していった。

それが一線を越えたのは、理乃が今でもアイドルになりたい、ということを恥ずかしげに告白し、そして時を同じくして委員長が学年首席の座を明け渡してしまったときだった。

まさか、滑り止めの格下の高校で首席から陥落するなんて——自分の足元がぐらぐらと崩れていく恐怖を覚えた委員長は「試験問題さえ事前に分かっていれば安心して試験を受けられるのに」という思いにとりつかれた。最初は教師に色仕掛けで迫ることを考えた。梅屋教師が皆、聖職者でないことは分かっていたし、特に女子生徒をいやらしい目で追う梅屋のことは噂になっていた。

だが、それは一瞬で却下された。自分にそんな魅力なんてない、という自覚もあったが、そういうのは自分の体を晒《さら》して、男に媚《こ》びるような売女《ばいた》がやるようなことだという思いが強かった。あんないやらしい水着姿で大問題になっておきながら、それでもアイドルになりたいだなんて夢を見ている理乃のような。

あんたなんか、絶対アイドルになんかなれるもんか。ならせるもんか。あんたのファンなんて、どうせロリコンの変態男しかいない。そう、梅屋のような――。

昏《くら》い呪詛《じゅそ》を呟《つぶや》いたそのとき、委員長の中で理乃を梅屋に差し出し、その報酬として試験問題を入手する、という絵が浮かび上がった。梅屋のことを調べ上げ、同好の士を装って近づくと理乃のジュニアアイドル時代のＤＶＤを提供した。理乃は決して売れていたわけではなく、梅屋も知らなかったようだったが、「個人的に知っているからマンツーマンの撮影会できますよ」と言うとすぐに食いついてきた。

あとは概《おおむ》ね、俺の推理したとおりだった。

「俺も自分がどうしたいのか、分かってないのかもしれませんね」

そう答えながら、天井を見つめて考える。

委員長が犯人だ、と伝えたら、理乃はどう思うだろうか。絶望するだろうか。怒るだろうか。悲しむだろうか。

なんにしても、その引き金を俺が引くことはできない。昔の苦い記憶が思い出される。

十年前、スーパーで万引きを見つけた俺は、躊躇《ちゅうちょ》することなく一一〇番した。そのとき持っていたキッズ携帯は登録済み連絡先か、警察や消防署にしかつながらなかったから、というのもあるけれど、探偵に憧《あこが》れていた俺は犯罪の現場に遭遇して興奮していたのだ。

それが一つの家庭の崩壊を招くなんて、考えもしなかった。

小学生の俺にとって、他人の家庭を崩壊させたことは重すぎた。夢を諦《あきら》めることがその家庭への贖罪《しょくざい》だと、子供ながらに考えたのだった。

そうしてその他大勢《モブ》に甘んじ続けていた俺にはどうすればいいか分からない。

ただ、俺は真相を暴いて梅屋を糾弾し、委員長の抑止力になれただけで、たぶん、満足しているのだろう。

元その他大勢《モブ》の俺としちゃあ上出来の結果じゃないか。

「私は、祐と同じことをすると思うわ」

「簡単に同じ括《くく》りにしないでくださいよ。理乃は衣川先輩からマルウェアを買って、自分のPCが職員室のネットワークにつながっていることに気づかないまま、『うまく動かない』なんてメールを送ったんでしょ？」

「なにをおっしゃっておられますでしょうか」

冷静さをアピールしながら、盛大に目を泳がせて変な敬語で答える衣川先輩に俺は続けて言う。

「アフターサービス込みでマルウェア as a Service をやっていた衣川先輩は、サポート宛てに来たメールがうちの学校の職員室から送られていることに気づいたんでしょ。さすがに自分の学校でそんなことやられたら、なにかあったときに自分のところまで手が延びる可能性がある。返金してでもサポートを打ち切り、ＵＳＢメモリを回収しなければならなかった。違いますか？」

「……」

衣川先輩はなにも言わない。

「そして、理乃にはおそらく、期限を切ったり、返品方法になんらかの制限をかけたりしてＵＳＢメモリを学校に持って来させるよう仕向けた。期日までに返送するためには平日に直接郵便局に持って行かなければならないとか、そんなところでしょう。そうすることで相手が誰かを確認しようとしたんだ。そうして、体育の時間を狙って全員の荷物を調べ、自分の取引相手が理乃であることを知った——全部で何クラス回ったか知らないですけど」

「——やっぱり大したものね、はぁ」

話を聞き終えると衣川先輩は頬に手を当て、うっとりとした笑顔を見せた。気のせいかもしれないけど、上気して頬が赤らんでいるように見えてなんかエロい。

「あのぉ、衣川先輩？」

「はっ」

衣川先輩は蕩《とろ》けた表情をきりっと戻して言った。

「それで、私はどうすればいいのかしら？　マンツーマンの個人撮影会ならいつでも歓迎だわ。駅にあるプリクラ？　でどうかしら」

「……絶対それ、プリクラじゃなくて証明写真だ」

「あーいたいた！　ごめんねー遅くなって！」

階下から声をかけてきたのは理乃だった。両手に持った弁当箱を掲げて見せる。

「いや、俺たちもちょうど今来たとこ。じゃ、行こか」

「ちょっと、どういうことなのかしら？」

なにやら抗議する衣川先輩を促して屋上のドアを開ける。追いついた理乃が「うまくできたかどうか自信ないけど」と言いながら差し出した弁当箱を受け取り、俺たち三人は屋上に出た。

「うわ、暑《あ》っつー」

「そっちの陰の方行こうぜ」

「……なんのために屋上に出たの？」

俺たちは給水塔の陰に陣取って弁当を広げる。

「状況が理解できないのだけれど……」

「あの、今回祐があたしを助けてくれたのは、マトっち先輩の手伝いがあったからできたことだって」

「マトっち先輩……」

「それで、お礼っていうほどのもんじゃないんですけど、一緒にお昼どうかなって思って、いっぱい作ってきたんです！」

そう言いながら弁当の蓋《ふた》を開ける。ミートボールに唐揚げ、卵焼きにウインナー。そして綺麗《きれい》に並べられたおにぎり。ずいぶんと手慣れているように感じる。

そうか。家庭ではきっと、一人っ子の理乃が家事もしているのだろう。そんな一生懸命生きている娘を食い物にするような世の中が正しいわけがない。

でも。

でも、俺はなにができるのだろうか。なにをしたいのだろうか。

「さ、食べて食べて！　マトっち先輩もどうぞ！」

「私はお昼を持ってきてるのに……」

「それってまたグミでしょ。今日のところは付き合ってくださいよ」

「……まあいいわ。祐と一緒にお昼を食べられるんだし」

「いただきます！　まずはおにぎりから……と。お、うまーっ」

「……いただきます。うん、おいしいわ」

「みんなで食べるとおいしいですよね」

ポテトサラダを味わっている衣川先輩に言う。

「いや、一人で食べてもおいしいと思うわ。味は変わらないもの」

「そうじゃなくてですね……」

そんな衣川先輩を見て、理乃はあはは、と笑う。

「でも、みんなで食べると楽しい気分にはなるわね」

「それをおいしい、と言えばいいじゃないですか」

「おいしいと楽しいは違うでしょ」

衣川先輩は意味が分からない、という顔で首を傾げた。

21

放課後。

俺はコンピュータ部の部室で、亜弥の操作するＰＣのモニタをぼんやり眺めていた。入部するかどうかはさておき、少しでも衣川先輩のやっていること、考えていることを分かりたいと思ったからだ。

衣川先輩がマルウェア as a Service なんて怪しげな商売をしていることは間違いない。梅屋や委員長のように明確な犯意を向けたターゲットがいるわけではないかもしれないけれど、その先にはきっと被害者がいる。ナイフで人を刺殺した殺人犯がいたとしても、その凶器となるナイフを作った人も、売った人も責任を問われることはないだろう。でも銃だとどうだろうか。銃刀法違反は殺人とは別の扱いだ。じゃあ、サリンを作ったら？　VXガスを売ったら？　マルウェアをサービスとして提供したら——？

「衣川マト、か」

俺はぽつりとつぶやいた。それを耳ざとく聞きつけた亜弥が振り返って言う。

「どうしたタカノー。コロモガワ・マトなんて、ほんと最近セキュリティづいてるなー」

「ん？　どういう意味だ？」

衣川先輩とセキュリティがどう関係するんだ？

「セキュリティを少しでもかじった人なら誰だって知ってるよー。『日本人と思われるコロモガワ・マト』、日本でもっとも有名なバグバウンティハンターだよー」

「バグバウンティハンター……？」

有名もなにも、まるで知らない言葉だった。

第二話　夏の嵐

1

「あぢぃ……」

　俺は照りつける太陽を見上げた。

　あったんだかなかったんだか分からないような梅雨が明けて七月に入ると、記録的な猛暑がやってきた。連日のように最高気温が更新され、ニュースは毎朝「命に関わる危険あり」と熱中症を警告する。震度五の地震よりも暑さで死ぬ人の方が多いなんて、狂ってる。

　そんなときに限って俺の部屋のエアコンが故障、ときたもんだ。最近どうも利きが悪いな、と思っていたら、今朝からは熱風しか出てこなくなった。家電店には「この猛暑で立て込んでてまして」と、修理には二週間かかると言われ、呆然《ぼうぜん》とする俺に「まああんたの部屋でよかったわ」と血も涙もない言葉を残してお袋は出勤していった。普段なら日曜なのにご苦労さま、と思うところだけれど、そのときの俺は「職場はお涼しいのでしょう？」

としか思わなかった。ちなみにお袋の職場は総合スーパーのサービスカウンターだ。

それでリビングで涼んでいたのだけれど、今度は「これから友達来るんだから」と姉に追い出され、図書館に来たらすべての席が埋まってる。エアコンあるヤツは家に帰れよ、とぼやきながら来た道をとぼとぼと歩いているのが今の俺だ。

くそう、来たときよりも暑いじゃないか。

俺は冷房が利きすぎているときのために、と思って持ってきた薄手のパーカーを取り出し、帽子代わりに頭にフードを引っかけた。

いったい何のために出てきたんだか。図書館がダメだとしたら、とりあえずコーヒー店にでも入るか。この辺にあったっけ、と思いつつ歩いていると蟬時雨の中、子供たちの歓声が聞こえてきた。

声のする方を見ると、そこは公園に併設された無料の区民プールだった。幼児から小学生低学年くらい向けだろうか、生け垣とかの目隠しもなく、公園からよく見える。

くぅ、子供はいいよな。水遊びにも金がかからないし。

「じゃあ、今度は姉ちゃんが鬼よ！」

そう思いながらぼけっとプールではしゃぐ子供たちを眺めていたら、ふと聞き覚えのある声が聞こえてきた。いやいや、さすがにこんな子供用プールにはいないだろ。俺、ちょっと意識しすぎじゃないか？　それともこの暑さのせいで頭がぼーっとしてるのか。

プールに背を向けた俺に、子供の声が響いた。

「わ、ずるい！　マトねえちゃんタンマ！」

「だめーっ」

え？

「捕まえた！」

「やだやだ！　きゃはははっ」

俺が驚いて振り返ると、そこには子供を羽交い締めにした水着姿の衣川《ころもがわ》先輩がいた。

2

よく事情が飲み込めない。

俺は衣川先輩と並んで公園のベンチに座っている。大きく枝を伸ばした木のこかげは意外に涼しかったが、四方八方から蟬の声が聞こえてくる。

視線の先には棒アイスを手に遊んでいる水着の子供たち。

もちろん、なんで高校生の衣川先輩が、こんな小さな子たちを四人も引き連れて子供用プールで遊んでるんだ？　ということもあるんだけど、それよりこの状況はなんだ。

「あのー、衣川先輩？」

「なに、祐《たすく》？」

「この状況はなんなんでしょうかね」

「状況って、なにが？」

「その、なんで先輩は着替えてないんでしょうか」

衣川先輩は俺の隣で水着のまま、棒アイスを咥《くわ》えている。ただでさえ美少女なのにぴっちりと体のラインの出る、そしてその細い肩も、薄い肩甲骨も、長い脚も露《あら》わな競泳タイプのスクール水着という、非日常的な格好で隣に座られたら平常心でいられるはずもない。

夏休み前にもかかわらず、衣川先輩は少し日焼けしているようだった。というか、日焼けなんて普通の女子高生だったら全力で回避するんじゃないのか？　太ももの付け根あたりがわずかにぼやけたように白っぽいのは、自然に少しずつ焼けたからだろう。少なくとも「焼いた」のではなさそうだ。

「着替えがないから」

「へ」

唐突な衣川先輩の言葉に現実に引き戻された俺は、自分が衣川先輩の脚を凝視していた

ことに気づいて慌てて目を逸《そ》らす。衣川先輩はシャクッと音を立ててアイスをかじりながら、俺を見つめていた。俺の視線にも頓着《とんちゃく》することなく。

むしろ、いやらしい目で見ないで、とか、えっちー、とか言ってくれた方が救われるんだけど……そう言うところもまた、想像しづらかった。

というか、今なんて言った？

「だから、着替え持ってきてないの」

「なんでですか」

「なんでって、このまま家から来たから」

「水着で家から来たんですか⁉」

「みんなそうよ？」

「子供と一緒にすんな！」

あまりのことについ、タメ口でツッコんでしまった。田舎じゃあるまいし、子供だって水着のまま家から来たりはしないだろ。ふと、嫌な予感がして訊《たず》ねた。

「まさか、電車で来たんじゃないですよね？」

「祐は私のことをどれだけ非常識だと思ってるの？」

「さすがにそうですよねぇ、はは……」

「濡《ぬ》れた水着のままで電車に乗るなんて非常識でしょ」

そっちか——。

俺は頭を抱えた。

3

「なんでこんなことしなきゃいけないの？」

「いいですから」

ぶつくさ言いながらも、衣川先輩は俺のパーカーを腰に巻いた。上の方はまあ、ぴっちりしたタンクトップだと思えなくもない。

「そんなに無防備だと犯罪に巻き込まれますよ。もっとリスクを考えて行動してください」

「むしろ、リスクを考えた行動だと思うけど？」

「そんな格好のどこがですか」

「荷物がないから金目のものは持っていないことが分かるでしょ」

「そういう犯罪じゃなくてですね……」

「じゃあなに？」

言いにくいことを言わせる人だ。

「つまりその……性犯罪、とか？　ほ、ほら、梅屋《うめや》みたいなヤツもいるんだし」

俺がそう言うと衣川先輩は心底おかしそうにあははは、と笑った。

「ちゃんとリスク管理《マネジメント》してるから大丈夫」

「してないでしょ！　ノーガードじゃないですか！」

衣川先輩は分かってないなあ、と人差し指を振りながら言う。

「なんでもかんでも対策することがリスク管理じゃないわ。リスクが生じる可能性・確率、そしてそのリスクが生じた際の被害の大きさ、リスク対策にかかるコスト、それをすべて勘案してどうするかを決めるのがリスク管理よ。だから、ほぼ起こりえないことに対して多大なコストがかかるのであれば、対策を行わない《ノーガード》という決定もおかしくない」

「だから起こりうるって言ってんですよ！」

衣川先輩はないない、と笑いながら手のひらをひらひらさせる。この人、ほんと無自覚だな。銀髪翠眼《すいがん》の美少女が推定Bカップとはいえ、贅肉《ぜいにく》のない、しなやかなプロポーションの水着姿。衆目を集めるに十分すぎる。あの児童プールに妙に子連れの父親が多かったのは衣川先輩のせいじゃないんだろうか。

「逆に訊《き》きたいんだけど、パーカーを腰に巻くことがなんの対策になるの？」

そんな水着で街中《まちなか》を歩く女がいたら、それを見て一線を越えるヤツらが続出するに決まってる。世間は俺のような紳士ばかりじゃない。

でも、それよりも、そんなヤツらに衣川先輩の肌を見られるのが――。

「嫌なんですよ、俺が……それに目に毒です」

顔が熱い。きっと俺の顔は赤くなっているだろう。ついぶっきらぼうな言い方になってしまう。

「あーそうか。そうよね。ごめんなさい」

顔を背ける俺をしばらく不思議そうに見ていた衣川先輩が、思いついたように言う。

……ちょっと束縛が過ぎる、と思われたかな。さすがに学校の水泳授業で水着を着るな、なんて言うつもりはないけれど、こんなところで安売り（という言い方が正しいかどうかは分からないけど）するのを眼福眼福、とヘラヘラできるほど、もう俺にとって衣川先輩は他人じゃない。

「そうよね、見苦しいわよね……目に毒、よね……」

衣川先輩はしゅん、として二の腕で胸をぎゅっと寄せる。

……なんでそうなる。

「そ、そりゃ――」

「衣川先輩、絶対『目に毒』の意味分かってないでしょ。衣川先輩は自分のことを低く見過ぎです」

「意味くらい、わ、分かってるわ！　それに私が自分をどう見積もろうが関係ないわ」

突き放すような物言いにちょっとムッとする。

「大事なのは祐が私をどう思うか、だもの」

「……言ったあとで赤面するなら最初っから言わないでくださいよ」

「だってぇ……」

「ねえ、マトねえちゃん。そろそろ帰ろうよ」

「そうね」

駆け寄ってきた子供たちに、衣川先輩は腰をかがめて答える。

「えっと、どうしようかしら、これ。今度返せばいいのかしら？」

衣川先輩は腰に巻いたパーカーの袖《そで》を持ち上げた。

「歩いてきたんだったら、そんなにここから遠くないんですよね？　俺も行きますよ」

俺はベンチから腰を上げながら言った。この格好の衣川先輩をこのまま帰すのは不安——いや不快だった。

4

「あの子たちは親戚《しんせき》の子なんですか？」

ふざけながら歩く子供たちを見ながら訊く。一番小さな子は幼稚園くらいだろう。あとの三人は小学一、二年生と言ったところか。

「ううん、施設の子たち。エアコンがないのよ」

「施設って――」

「事情はいろいろ」

その言葉は詮索《せんさく》を拒否する響きがあった。でも、ここで話をやめるのはダメだと思った。もうその他大勢《モブ》はやめる――理乃の一件でそう決めた俺は、触れたくないことを聞いた途端に、逃げだすようなことはしたくなかった。

「衣川先輩はボランティアかなにかで付き添ってるんですか？」

「ううん、私もそこで育ったのよ」

言葉に詰まった。

そのことがどれくらい本人に受け入れられることなのか、どれくらい触れられたくないことなのか、まったく想像ができなかった。見て見ぬふり、知らないふりをするのが正しいのか、それとも、普通のこととして、「お父さんどんな仕事しているの」くらいのノリで聞くことが正しいのか。

もちろん、事情にもよるだろう。衣川先輩はどういった事情なんだろうか。どんな子供時代を送っていたのだろう。

――これでも小さい頃は少し色が薄いくらいで、他の人とそんなに違ってはいなかったし、みんな、普通に接してくれたわ。様子が変わってきたのは髪と瞳《ひとみ》の色が抜け始めてからだもの。

衣川先輩の言葉がふと思い出される。あのときは様子が変わってきたのは学校の友達だと思っていた。でも、もし――それが親もそうだったとしたら。

子供の容姿が変わったからといって、それで態度を変える親はいない。そう単純に思い込んでいた。でも、衣川先輩の場合は日本人離れした銀髪翠眼だ。こいつは俺の子じゃない、そう思った父親が虐待に走ったとしてもおかしくない。

「中学のときは里親のところに行ってたのだけれど、今は一人暮らししてるの」

黙り込んでしまった俺に衣川先輩は軽く言う。話題が少し逸れてほっとした。

「高校生で一人暮らしじゃ大変ですね」

「全然。できればもっと早くしたかったくらいだわ」

明るく答える先輩の雰囲気に流され、軽口を叩《たた》きそうになってはっとした。

一人暮らしが大変じゃないわけがない——里親の家での生活がもっとひどかったのだ。

つくづく自分の考えの甘さが嫌になる。

「すいません……」

「どうして？」

衣川先輩はきょとんとしていたが、ふと思いついたように言った。

「さすが祐だわ。いろんなことに気がつくわよね」

「合ってるかどうか分かんないですけど……」

そっか、と衣川先輩は空を見上げる。公園ではあれほどうるさかった蝉の声はすっかり聞こえなくなっていた。

奥まった路地の突き当たりに子供たちの住む施設があった。

施設とは言っても、表札に「あしたば園」と書かれていなければちょっと大きい住宅にしか見えない。建屋はかなり年季の入った様子で、ところどころ素人《しろうと》仕事と思われる修繕の跡が見える。こう言っては失礼だとは思うけれど、今までに自分が見た中では「今にも崩れそうな家」部門のぶっちぎり第一位だ。

庭は広いものの、いかにも建売といった感じの三階建て住宅が左右から迫っていて、昼間でも薄暗い。以前は家庭菜園でもやっていたのかもしれないが、この日当たりでは大した収穫は期待できないだろう。今は荒れた空き地然としている。

「ただいまー！」

玄関の引き戸を開けると、子供たちは我先に靴を脱ぎ捨てていく。

「せんせー、マトねーちゃんがおとこ連れてきたー」

「おやおや、ちょっと待っててくださいねぇ」

奥からのんびりとした声が聞こえてくる。

ボキャブラリの少ない子供ゆえのことだろうけれど、おとこって……。苦笑いしながら衣川先輩を見ると、脱ぎ散らかされた靴を並べているところだった。

「はいはい、すいませんねえ」

廊下の暖簾《のれん》をくぐって姿を現したのは痩《や》せた老女だった。八十は過ぎているだろう。ライトグレーの髪をひっつめにしていて、目尻《めじり》には人の良さを物語る笑い皺《じわ》が深く刻まれている。

老女は俺の顔を見ると、軽く頭を下げながらにっこり笑った。

「あらあら、ずいぶんとお若いんですねえ」

「どうも、初めまして」

そんなに幼く見えるかな？　衣川先輩の一コ下と言って違和感があるほど、童顔でも老け顔でもないつもりなんだけど。

突然の来訪者にも動じず、ニコニコと笑顔を絶やさない老女はなぜか右手に印鑑を持っていた。

「まあまあ暑い中ご苦労様です、ほんとにねぇ」

「いや、その……」

「先生、祐は配達の人じゃないよ。私のカ、カ、カレ……後輩よ」

衣川先輩は腰を上げながら老女に語りかける。今なんと言いかけた？

「あらあら、ごめんなさい、間違えちゃった」

老女は舌を出してひょい、と肩をすくめた。可愛いおばあちゃん、てのはこういう人を言うんだろうな、と見ていると、靴を並べ終えた衣川先輩がすくっと立ち上がった。

「じゃあ、また来るね」

「あらあら、もう帰るの？」

「うん」

あっさりと老女に背を向ける衣川先輩。老女ははぁ、とため息をつくと柔和な笑みを浮かべてゆっくりと諭すように言った。

「マトちゃん、あなたが来てくれるとみんな喜ぶし、私も助かるのだけれど、自分のことを優先していいのよ」

「分かってる。またね」

言われ慣れているのだろう。衣川先輩は手を振ってあしたば園を後にした。俺も頭を下げて後を追う。

路地を出て、通りに出ると再び太陽がじりじりと照りつけてきた。あしたば園にはエアコンがないと言っていた。それでもなんとかなっているのは日当たりの悪さゆえだろう。俺はとたんに噴き出してきた汗を拭《ふ》きつつ、衣川先輩に話しかけた。

「今の人が園長先生なんですか？」

「一応はね。ほんとは先生のご主人が園長先生なんだけど、体調崩して入院してるの」

「それで手伝いを？」

衣川先輩は「ん」とうなずくと束ねた長い髪を解き、もう一度高い位置でまとめなおした。プールで濡《ぬ》れた髪はすっかり乾いていた。

「先生を少し休ませてあげるくらいにしかならないのだけれど」

「でも、それで十分じゃないですか」

俺の言葉に衣川先輩は首を振った。

「人手が足りないから、このままだと認可を取り消されそうなの。今はパートタイムで臨時の先生に入ってもらってしのいでいるけれど」

「そうなんですか……」

「子供が下手に手伝うと労働を強要されているってことで、虐待と見なされかねないのよ。実際、そんな施設があるからだけれど、そのおかげで他のまっとうなところまで迷惑する」

なんだか自分の浅い考えが恥ずかしくなった。人の気持ちだとか、負担だとか、そういうところまでは頭が回っても、その先の社会のことはなかなか考えられない。

「いい人そうですね、園長先生」

「うん。できればずっとあそこにいたかったのだけれど」

衣川先輩は少し寂しげに答えた。中学のときは里親のところにいて、高校になってから一人暮らしをしている、と言っていたことを思い出した。

「中学になったときに施設を出たんですか？」

「うん。今の国の方針だと、施設は里親が見つかるまでの一時的なものという扱いだから」

それはなんとなく分かるような気がした。血がつながらないとはいえ、家庭の中で親子として生活できるのならそちらの方がいい。わざわざ里親を申し出るのだから、子供好きな優しい人たちのはずだ。

でも、だとしたらどうして衣川先輩は高校で家を出たのだろうか。

「里親の方がいいなんて、そんなこと言えないのに」

衣川先輩のぽつりと漏らした言葉に俺はぎょっとした。

「私のいたところには、私と同じような子が他にも二人いたわ。それに実の子も一人。いつも里親の夫婦からは『苦しい生活の中からやりくりして、働きもしないお前たちに飯を食わせて学校に行かせてる。ゲームや本だって与えて贅沢《ぜいたく》させてやってる』と言われ続けて、その頃はほんとに感謝してたわ」

俺はどう捉《とら》えればいいのか分からなかった。その里親が言っていることは押しつけがましい気はするけれど、合わせて四人も子供がいたら相当家計は苦しいだろう。それにゲームや本も買ってあげているなら、そんなに普通の家庭とも変わらないように思える。

俺が黙って考えていると、衣川先輩はふっと笑みを見せた。

「あの夫婦は私たちのことを働きもしない、と言っていたけれど、私たちは養育費、里親手当とかで月に五十万くらいの収入を彼らにもたらしていたのよ。医療費やら学費、そのほか学校行事にかかる費用だってすべて国から出るし。後から知ったことだけど、彼らにとって里親はビジネスなのよ」

「ビジネス……」

そんなこと思いもしなかった。自分の思い描いた、心優しい里親像がガラガラと崩れていく。振り返るとそれは酷く稚拙で、まるで世間を知らない幼児が描いたもののようだった。

「じゃあ、衣川先輩が家を出ることには相当反対されたんじゃ……」

「私はまだ家を出てないことになってるわ。養育費や手当はすべて好きに使ってもらってかまわないし、自分の生活費は自分で出すから、ということを条件に、学校に通うための一人暮らしを認めてもらったの」

「そういうことか……。里親にしてみれば家にいないのに勝手にお金が入ってくる、願ったり叶《かな》ったりのいい話ってわけですか」

「どうやって生活費を稼ぐのか、とかなり追及されたけどね」

ビジネスとはいえ、やはり子供の一人暮らしは心配だったのだろうか。なにかあったときに責任を問われることを心配したか、それとも、生活が立ちゆかなくなったときの自分たちの負担を警戒したのか。

「そんなに呑気《のんき》な人たちじゃないわ」

俺の言葉に衣川先輩は淡々とした様子で答えた。

「『実の親から金を引っ張ってるんじゃないのか、だったらそれをよこせ』ってことよ」

「子供が大人の食い物にならないために、私たちは武器を持たなきゃいけない」――また、あの言葉が思い返される。衣川先輩の戦いは今もまだ続いていたのだ。

「着いたわ」

衣川先輩の声に顔を上げると、そこには廃屋と見間違えるかのような家があり、「再訪《さいほう》荘《そう》」と書かれた手書きの表札が掛かっていた。

あしたば園は「今にも崩れそうな家」一位の座からあっさりと陥落した。

5

再訪荘は風呂《ふろ》なしトイレ共用の下宿屋だった。

玄関を上がるとすぐ右手にトイレがあり、その隣には極端に傾斜が急な階段がある。

「こっち」

階段を上る衣川先輩を見上げると腰に巻いたパーカーの裾《すそ》から紺色の水着のお尻が目に入り、俺は慌てて下を向いた。水着だと分かっていてもドキリとする。

ギシギシと軋《きし》る階段を上がると、そこはギシギシと軋《きし》る廊下だった。左手に二つの部屋があって、右手は窓になっている。窓から見えるのは隣のアパートの壁だけだ。

衣川先輩は手前の部屋のドアノブに鍵《かぎ》を挿した。カチャン、と音がしてドアが開く。

「これ、防犯大丈夫なんですか？」

不安になった俺は衣川先輩に訊《き》いた。ドアノブの真ん中に鍵穴が付いていて、その反対側がサムターンになっている。よく室内のドアに使われている安っぽいタイプのものだけど、玄関が施錠されていないことを考えると実質このドアが外界との境界だ。あまり防犯対策として有効だとは思えなかった。

「大丈夫」

俺は衣川先輩に促されて部屋に入った。振り返るとドアの内側にはいくつもの蝶番《ちょうつがい》が付けられていて、衣川先輩はそれを一つ一つロックしているところだった。

「自分がいないときに入られることは問題ないわ。問題は自分がいるときに押し入られることだから」

「なんで空き巣が問題ないんですか」

「買い直せばいいでしょ。空き巣が入る確率とそれによる想定被害をかけた額が、家賃の上昇分よりも小さければ対策する必要はないわ」

「リスク管理《マネジメント》、ですか」

「そ」

俺は改めて部屋を眺めた。よく考えたら女の子の部屋に入るなんて初めての体験だったけど、これはそれにカウントしてはいけない部屋のような気がする。

衣川先輩の部屋は四畳半の畳敷きで、中央に丸いちゃぶ台があり、その上には裸電球が一つぶら下がっている。よく見るとLED電球というところが衣川先輩っぽい。ソケットはそのままで電球だけ取り替えたのだろう。

押し入れの前には三つ折りの布団があって、その上にノースリーブのワンピースが一着。壁には制服が掛けられていた。その反対側には小さな冷蔵庫がある。

まるでドヤ街の簡易宿泊所だ――テレビでしか見たことないけど。

「PCとかたくさんあるのかと思ったけど、そうじゃないんですね」

「そのうちきちんと一人暮らしできるようになったらね。これ、ありがと」

そう言いながら衣川先輩はパーカーの袖《そで》を解いて俺に渡すと、ワンピースを頭からかぶった。

「ああ……って、なにやってんですか！」

「なにって？」

衣川先輩はワンピースの脇から水着の肩紐《かたひも》を出すと、そこから腕を抜いた。

「なんで俺がいるのに脱ぐんですか！」

俺は慌てて後ろを向いた。

「大丈夫よ、ちゃんと先にワンピース着てるから」

「そ、そういう問題じゃなくってですね」

「変なの」

ふと窓を見るとガラスにワンピースの裾から水着を抜き取ろうとしている衣川先輩の姿が映っていた。確かになにも見えてないけれど、そういう問題じゃない。裏返った水着の裏地が妙に生々しい。

「麦茶でいいかしら」

「あ、はい」

喉《のど》の鳴る音を返事で誤魔化して振り返った。衣川先輩は四つん這《ば》いになって冷蔵庫に手を伸ばしていた。すらりとした長い脚がワンピースから伸びている。

「あの……衣川先輩？」

「なに、祐？」

「……いやなんでもない……です」

俺は自分の言葉を唾《つば》と一緒に飲み込む。

(はいてませんよねはいてませんよねはいてませんよねはいてませんよね……)

6

なんだかつい、流れでここまで来てしまったけれど、学園一の美少女の部屋に二人っきり、なんていうすごいシチュエーションになっていることに、俺は今さらながら気がついた。

しかも衣川先輩は一人暮らし。いいところでお茶を持ってくる母親もいない——なんだよ、いいところって。

俺は脳内でセルフツッコミしつつ、正座して麦茶をちびちび飲む。

「そ、そういえば衣川先輩ってバグバウンティハンターなんですか？」

亜弥が言っていたことを思い出して言った。

「よく知ってるわね。調べたの？」

「ああ、いや、そういうわけじゃなくって。コンピュータ部の知り合いがそう言ってたんですよ。ちょっとセキュリティをかじった人間ならコロモガワ・マトを知らないヤツはいないって。もっとも、そいつはそれが自分の先輩のことだとは気づいていないみたいですけど」

そう言うと衣川先輩は「無理ないわ。おそらく日本人と思われる、とか言われてたくらいだしね」と笑った。

「バグバウンティハンターってどんなことするんですか？」

「バグというか、脆弱性《ぜいじゃく》――システムの弱点を見つける賞金稼ぎ《バウンティハンター》のことよ。報奨金制度のある会社だと、そこの製品とかサービスの脆弱性を見つけて報告するとお金がもらえるの。会社によってはその報告者名や獲得賞金額を公表してるから、それで知ってる人は知ってるんだと思う」

「へえ。でもそんなのって、あら探しというか、クレームみたいなもんですよね？　どうしてそれに会社がお金を出してくれるんですか？」

「私が見つけなくても誰かが見つけるわ。会社は、悪い人が見つけて悪用する前に見つけてもらいたがってる」

「そもそもそんな脆弱性が残ったままの製品を出しちゃダメじゃないですか。それって、企業が無責任ですよね？」

俺がそう言うと、衣川先輩は「へえ」と感心したように言った。

「そんな考え方ってなんか新鮮」

「そうですか？　ちょっと考えれば分かる話だと思うんですけど」

俺はちょっと得意になって言った。

「ううん、そうじゃなくって、いろんな考え方があるんだなあって」

「――ちなみに衣川先輩はどんな考えなんですか？」

衣川先輩は俺の考え方に感心しているわけではなさそうだった。どうにもばつが悪い。

「脆弱性がないことを証明することはできないから、むしろ脆弱性は絶対にある、と考えるべきよ。でも、それをなくすために努力し続けることが企業の責任だと思うわ。そういう意味だと、報奨金制度を設けて脆弱性の発見を促す企業の方がより責任を果たしていると言えるんじゃないかしら」

「じゃあ、衣川先輩はクレーマーじゃなくて、その会社に協力している正義のハッカー、ということになるんですか」

「私はプロのバグバウンティハンターだというだけ。別に正義感でやっているわけじゃないわ」

「だから、マルウェア as a Service なんてこともやってるんですか？」

衣川先輩はことり、と麦茶の入ったグラスを置いた。一瞬温度が下がったような気がした。

「マルウェア as a Service という言葉は私がつけたわけじゃないわ。私がやっていたのは遠隔操作・監視用ツールのサービスだし、ちゃんと事前に『端末利用者に許可なくインストールしないこと』って利用規約を示してる。それを守らないのは利用者の問題だわ」

詭弁《きべん》だと思った。でも、俺にはそれを論破する自信はなかった。

おそらく戸籍上の親からは虐待を受け、里親からは搾取され続ける——そのために先輩は自立して自分で金を稼がなければならなかったのだ。親の庇護《ひご》の下、のうのうと暮らしている自分が青臭い正義感を振りかざしたところで、それは安全なところから口を出すだけの無責任な行動だとしか思えなかった。

でも、それでも——衣川先輩が犯罪に関わることは嫌だった。

「もうしてないわ」

黙り込んだ俺に衣川先輩が投げかけた言葉は意外だった。びっくりして顔を上げた俺と目が合って、衣川先輩はなぜか焦ったように視線を逸《そ》らした。

「べ、別に祐のためにやめたんじゃないんだからね」

テンプレですかね。しん、とした俺たちの間に蟬の鳴き声がひときわ大きく響く。

「ストレッサーの運営も逮捕者が出たし、法改正次第では犯罪になる、と思ったからよ」

「ストレッサー？」

言い訳のように取り繕う衣川先輩に訊《たず》ねる。

「ウェブサイトに集中的にアクセスしてダウンさせるサービス。あくまで負荷試験という体《てい》をとっているから、絶対に自分が運用しているウェブサイト以外には行わないこと、という注意書きがあったのよ」

衣川先輩の言う遠隔操作・監視用ツールの文言と同じだ。そのことが、衣川先輩自身が自分のやっていることが犯罪を助長していると認識していたことを物語っている。

「おかげで収入源が一つ減ったわ。これからはもっと脆弱性《バグ》を見つけないと。こないだ見つけたのは仕様だって言われて賞金出なかったし」

照れ隠しなのか、衣川先輩は少し拗《す》ねたように言う。

「それってどんなのですか？」

「無線ルータの脆弱性。いったん認証された機器のMAC《マック》アドレスを変更することで、理論上はWPA3であっても本来の機器のセッションを横取りできるってやつ。他社の製品だと成功しないのに」

予想はしていたけれどなにを言ってるかさっぱり分からない。

「それ、ウィンドウズでは起きないんですか？」

「なんで？」

「いやほら、ＭＡＣがどうたらって」

「ああ、ＭＡＣアドレスのこと？　これはＭａｃとは関係ないわ」

衣川先輩はノートＰＣを取り出してちゃぶ台に載せると、俺に身を寄せるように隣に座った。ノースリーブのワンピースから出た肩が触れ、胸元が開く。

「ほら、これ」

「は、はい！」

衣川先輩がノートＰＣのモニタを指でさし、俺はものすごい集中力でその先を見た。

だって、俺の記憶が間違ってなければ――。

（つけてませんよねつけてませんよねつけてませんよねつけてませんよね）

「この六オクテット、四十八ビットの数値がＭＡＣアドレス。原則、ネットワーク機器ごとに固有なんだけど、実際には自称してるだけだから変更することもできる。だから、ＭＡＣアドレスフィルタリングなんて気休め程度よね」

「50-C7-BF-FC-……、50-C7-BF-FC-……、50-C7-BF-FC-……」

「MACアドレス覚えてもしょうがないと思うのだけれど……」

画面から目を逸らさず呪文のように唱える俺に、衣川先輩は呆《あき》れたように言った。

7

部屋のエアコンの修理が終わるとともに、夏休みが始まった。

相変わらず猛暑は続いているものの、次に来たのは「猛烈な台風」だった。猛烈なんて言葉、日常生活ではまず聞くことがない。昔は流行語のように使われていたというけれど、どうにも想像がつかない。

不謹慎ながら俺は戦後最大とも言われる「超大型で猛烈な台風」にワクワクしていた。最大風速九十メートル、中心気圧八百九十ヘクトパスカルという数字に胸躍らせ、安全なマンションのエアコンの利いた部屋から外を眺めたかったのだ。言ってみれば最前列でパニック映画を見るような気分だったのだ。

——それがどうしてこうなった。

俺は傘もなく、全身ずぶ濡《ぬ》れで次第に強まる雨の中を歩いていた。

始まりは俺の冗談交じりの軽口だった。

家で姉と気象ニュースを見ていた俺は、桟橋に打ちつける高波の映像を見ながら「今日はコロッケだな」とつぶやいた。台風と言えばコロッケと決まっている。ソファで寝転んでいた姉が「お、いいねえ」と乗ってきた。

「母さん迎えに行くついでにコロッケ買ってきてよ」

「なんで迎えに行かなきゃいけないんだよ」

「この台風だよ？　心配じゃないの？」

「なら姉さんが行きなよ」

「あんた鬼なの？」

理不尽すぎる。姉は「じゃあさ」と体を起こして財布から紙幣を取り出した。

「お釣りはあげるから」

「え、まじですか姉様」

俺はひったくるように姉の手にした樋口一葉《ひぐちいちよう》様を手に取った。

「あ、ちょっと待って。今、あたしいくら渡した？」

「もういただきましたので。それじゃ姉様、行って参ります」

「ちょっ、待て！　こら！」

姉の怒号から逃れるように俺は速やかに自宅を後にした。お袋が帰ってくるにはまだ時間があるけれど、言い争いになってせっかくの臨時収入を取り上げられては困る。それに今なら雨もそれほど強くない。近くで時間潰《つぶ》して、駅にお袋を迎えに行って、コロッケを買って五千円なら悪くない。悪くないどころかむちゃくちゃ美味《おい》しい。

ポケットの中でスマートフォンが鳴動してるけど無視無視。駅に着いて確認すると、着信の他にＬＩＮＥが入っていた。もちろん、姉からだ。

『それあげるから、その代わり「肉のカトー」のコロッケにして』

たまにお袋がコロッケを買ってくる店だった。俺は『お安いご用』と返すと、スマートフォンで「肉のカトー」を検索した。

てっきりうちの近くの店だと思っていたのに、「肉のカトー」はお袋の職場の近くの店だった。『お袋に買ってきて、て伝えとくよ』と返すと、

『あんた鬼なの？　この台風の中働いている母さんに、さらに買い物をさせる気？』

と、鬼に後ろ指をさすスタンプが送られてきた。ずいぶんピンポイントなスタンプ持ってんな。

ここで引き返せばよかったのかもしれない。だが、そのときの俺はまだ、五千円をもらう方が割がいいと思っていた。お袋に『そっちの駅に迎えに行くから』とＬＩＮＥを送り、

混雑する電車に乗った。

お袋の職場の総合スーパー近くの駅に着いたところで、お袋から『今日は台風の影響で閉店が早まったから、もうすぐ家に着く』と返信があった。

なんだよもう。

これじゃコロッケを買うためだけに電車に乗ってきたみたいじゃないか。別にやることが増えたわけではないけれど、目的が一つ減ったことでなんだか損をしているような気がしてきた。ともかく、コロッケを買ったらさっさと帰ろう。次第に強まる雨の中、俺は「肉のカトー」を目指した。

……考えてみれば、総合スーパーが閉店になるくらいなんだから、個人商店が閉店していてもおかしくなかった。

俺は「本日台風のため閉店します」と書かれたシャッターの上の張り紙を見て、呆然《ぼうぜん》としていた。何度読み返しても内容は同じだった。

姉に『なんの成果も!!　得られませんでした!!』という調査兵団のスタンプを送ると、俺は徒労感に苛《さいな》まれながら駅へと向かった。

駅には人があふれ、それ以上の数のタクシー待ち行列ができていた。

ああ、もう分かるよ。見なくても分かるよ。電車止まってるんだよね、再開未定なんだよね。

駅員に食ってかかる会社員を冷ややかに見つつ、俺はタクシーを待つ列に並ぶか並ぶまいか迷っていた。せっかくもらった五千円をタクシー代に使うのはあまりにももったいなさすぎた。だが、これでプラスマイナスゼロ、という考え方もないわけではない。

そのとき、姉から先ほどのスタンプの返事が来た。

『じゃあそのお金は返してよね』

骨折り損のくたびれもうけが確定した瞬間だった。

俺はがっくり肩を落とし、振り替え輸送を行っている最寄り駅に向かって、とぼとぼと歩き始めた。

雨よりも風が強くなってきたのが痛い。安いビニール傘は一瞬の突風でお猪口《ちょこ》になり、骨が折れた。どうせすでにびしょ濡れだ。傘がなくてもなにも変わりはしない。俺はコンビニのゴミ箱に傘を捨てると再び歩き始めた。スマホもびしょ濡れで、いくら防水と言ってもこのままだと壊れかねない。俺は電源を落として歩き続けた。

8

頭を打つ雨粒が痛い。アスファルトに跳ねる雨が視界を奪い、自分がどこを歩いているのかよく分からなくなっていた。認めたくはないけれど、道を間違えたらしい。もうとっくに駅に着いてもいい頃だった。

（あれ、ここは……）

その道には見覚えがあった。記憶を辿《たど》って道を折れると、思った通り衣川先輩の住んでいる再訪荘があった。

とりあえず、休ませてもらおうと思って近づいたものの、俺ランキング壊れそうな家一位の再訪荘はその地位をさらに確たるものにしつつあった。もうすでに傾いているようにすら見える。

これは休ませてもらう以前に救出すべきではないだろうか。

俺は再訪荘の玄関を開けると、「すいませーん」と声をかけた。もちろん、誰も出てくる気配はない。なにも言わずに入ると不法侵入みたいで気が引ける、という理由だけだからどちらでもよかった。むしろ、知らない人に出てこられても困る。

全身びしょ濡れで上がることにはためらいがあったけど、なにか言われたら雑巾《ぞうきん》でも借りて拭《ふ》けばいいだろう。俺はギシギシ軋《きし》る階段を上り、衣川先輩の部屋のドアをノックした。

部屋から反応はなかった。ドアノブは回らなかったけど、ドア全体ががたついた。もし衣川先輩が部屋にいたらいくつもの蝶番《ちょうつがい》でロックしているはずだから、ここまでがたつくことはない。

こんな台風の日にどこに行ったんだ？

思い当たるところは一カ所しかなかった。俺は再訪荘を後にし、俺ランキング壊れそうな家第二位に向かうことにした。行ったからといってどうなるわけでもないけれど、このまま行方が分からないままなのは不安だった。

9

あしたば園はまだ無事だった。

俺が玄関から声をかけると、園長先生は「まあまあどうしたの」と言いながら奥から出てきた。

「すいません先生、衣川先輩は来てませんか？」

俺は挨拶《あいさつ》もそこそこに訊《たず》ねた。

「あらあら、マトちゃんだったら、一時間くらい前までいたんですけどねえ」

「いた？　この雨の中、どこに行ったんでしょうか？　その、家にはいなかったので」

すれ違いだろうか。いや、一時間はちょっと長すぎる。

嫌な予感がした。

園長先生は顎《あご》に手を当て、思い出すように言う。

「そうそう、私もねぇ、この雨だから泊まっていきなさいって言ったんですよ。そしたら『私は避難所に行くから大丈夫』ってぱっと出て行っちゃったのよ」

「避難所……？　どこのことでしょうか」

もう避難勧告が出ているのだろうか。ここ数時間ニュースを見ていないから分からない。

「さあ……まだこのあたりは避難しなさい、なんてお知らせは来てないですからねえ。私の聞き間違いか、どこかのことを冗談で言っていたのか……」

「ありがとうございます！」

「まあまあ、お待ちなさいな」

飛び出そうとする俺に園長先生が声をかける。

「あなたの方こそこの雨の中出て行くのは危険よ。少し雨が治まるまで、おばあちゃんの話し相手になってくださいな」

「はぁ……」

俺は園長先生に押しきられる形であしたば園に上がり込むことになった。

10

「マトちゃんはね、ほんといい子なのよ。でも、対価を返すことにこだわって冷たく見えたりするから——ごめんなさいね、大人の男の人の着るものって主人のしかなくって」

園長先生は俺の姿を見て、気の毒そうに言った。だるだるに襟元の伸びた白い肌着に、腰に巻いたタオル。さすがにご主人のパンツは丁重に辞退した。

「でも、衣川先輩は高校生なのに自立してるのはすごいですよね」

「あの子はコンピュータにすごく詳しくてね。それで稼いでるんですって」

「ええ、そう聞いてます。でも、どうしてそんなに詳しくなったんでしょうか」

俺は衣川先輩があしたば園出身だと聞いてからずっと思っていた疑問をぶつけてみた。

失礼だが、このあしたば園にコンピュータがあるとは思えなかった。

「あの子のお兄ちゃん代わりだった子がね、ゴミ捨て場に捨てられていた部品を使って作ったり、いろいろ教えたりしてたんですよ。よくお兄ちゃんが自慢してたわ。『マトはコンピュータの天才だ』って」

衣川先輩がこのあしたば園にいたのは小学校まで、つまり十二歳の頃までということになる。そのときすでに自作PCをいじっていたのなら、詳しいのも当然かもしれない。

「その、お兄ちゃんって方は今は？」

「今はアメリカにいるわ。義理堅い優しい子でね、もう三十にもなるのに未《いま》だに帰国したときには顔を出してくれるのよ」

そう言うと園長先生は目を細めて微笑んだ。

ふと気がつくと、雨の音はだいぶ治まっていた。

「俺、衣川先輩を探してきます」

「そう──きっと止めない方がいいのよね」

「……」

何も答えられない俺を見て、園長先生は「うんうん」とうなずいた。

「脱水しただけだからあまり乾いてはいないけど──あと、傘はダメになっちゃうから主人の雨合羽《あまガッパ》を着ていってちょうだい」

園長先生は洗面所に干してあった俺の服と、黒いレインコートを持ってきてくれた。

「ちなみに、このあたりで災害があった場合の避難所ってどこになります？」

「ここだと愛帝学園ですわね。そこの道を出て、まっすぐ左に――ってご存じですよね」

知ってるもなにも、それは俺たちの高校だった。

11

思ったとおり、校門は閉まっていた。

レインコートを叩《たた》く雨の音が次第に強くなってきた。見上げると、校舎の壁に取り付けられた監視カメラがじっとこちらを見ていた。単に定点で撮影しているだけだろうけど、なんとなく威圧的なものを感じる。むしろ俺は守護される側の生徒なんだけどな、と思ったけれど、よく考えたら今の俺はフードで顔を隠したレインコート姿だった。

不審者に見えなくもない。というか、台風の夜に学校の中を窺《うかが》う黒ずくめの男は不審者以外の何者でもないような気がしてきた。

まったく、こんな台風の日に衣川先輩はどこに行ったのやら。まさかコロッケを買いに出かけて帰れなくなったわけでもないだろうに。そんな間抜けは俺だけで十分だ。

しかし参ったな。

ここじゃないとするともう心当たりはない。雨も今こそ小降りになっているけれど、あしたば園で見せてもらった気象ニュースではこれから明け方にかけてが本当のピークだと、注意を呼びかけていた。

しょうがない。いざとなったら学校に忍び込んで夜を明かすか――。

そのとき、きらっと光るものが目に入った。どこかの教室から光が漏れているようだ。

誰かいる！

俺は校門を乗り越えて敷地に入った。監視カメラとばっちり目が合ったけど、この台風の中なら警備員も来ないかもしれない。もし来たとしてもここの生徒で帰れなくなった、と言えばなんとかなるだろう。

俺は雨の中、光の見えた部室棟に向かった。

12

昇降口は閉まっていたが、ぐるりと回るとくだんの教室の外までたどり着くことができた。遮光カーテンの隙間からわずかに光が漏れている。

窓に近づくとかすかに人の声と音楽が聞こえる。

ここはなんの部室だっただろうか。窓をコンコン、と叩くと音楽とともに声も急に止まった。

雨の音だけが響く。もう一度コンコン、と叩くと今度はすっと明かりが消えた。

息を潜めている気配を感じる。俺はメガホンのように口の周りに添えた両手を窓に当てて言った。

「おーい、誰かいますかー?」

一瞬、ざわっという音がして、パチン、と明かりがついた。

シャッ、とカーテンが開き、そこから覗《のぞ》いた顔は——。

「なんだタカノー。びびらせるなよー」

コンピュータ部の亜弥《あや》だった。

「それで亜弥はこんな日に一人で何してんだよ」

俺は亜弥から借りたタオルで頭を拭きながら訊ねた。

「なにって見ての通りの合宿だよー」

どのあたりが見ての通りなんだ。

「学校で？」

「機材運ぶの大変だろー」

「よくこんなの顧問の先生が許し——」

　俺はコンピュータ部の顧問が梅屋だということを思い出した。一学期に理乃《りの》をモデルに個人撮影会をし、その見返りに別の人物に試験問題を横流し。さらにそのことがばれそうになるとすべてを理乃に押しつけて逃れようとした、教師とも言えないようなヤツだ。

「もともと放任だったからなー。今回の合宿申請もちゃんと見てないと思うなー」

「他の部員は？」

「まだ来ないなー。もう約束の時間を六時間も過ぎてるのになー」

　それは確実にすっぽかされてるな、うん。

「それで、合宿ってなにやるんだ？」

「バーベキューやるんだー。リア充の定番だぞー」

「おまえはリア充じゃないだろ……」

「見ろこの肉ー。サシが入ってて旨そうだろー」

　そう言うと亜弥はテーブルに置かれたトロ箱を開けて見せた。

「うわなんだこれ、まじですげえいい肉っぽい」

「だろー！　あたし買い出し担当だったから、奮発したんだー。みんな早く来ないかなー」

ぐぅぅ、とお腹が派手に鳴って、亜弥は「でへへー」と幸せそうに笑った。

その笑顔は微笑ましくも、切なく胸を締め付ける。きっと、他の部員は来ない。こんな公共交通機関も止まっているような暴風雨では無理もない。

この笑顔はそのうち、失望に変わる。そんな亜弥は見たくないけれど、そうなることが分かっていながら、夜の学校に一人残していくのはもっと嫌だ。

「あのさ、しばらく俺もいていいかな？」

亜弥は一瞬きょとん、としたけれど、ふにゃあ、と頬を緩めて言った。

「ほんとは部外者はダメなんだけどーしょうがないよなーこの雨だもんなー」

言葉とは裏腹に嬉《うれ》しそうな亜弥。

「そうだ、今ニコ動でBPSバトルプログラマーシラセの全話再放送やってるんだー。タカノも見るー？　あ、ポップコーン食べるかー？　コーラもあるぞー」

亜弥は自分の隣に椅子を持ってきて、一生懸命、せっせと勧めてくる。

「じゃあポップコーンもらうよ」

「あーでもポップコーンは結構音出るからなー、作るのは校内に他の人がいないことを確認してからだなー」

「なんだ、今から作るのか」

「ホットプレートでなー」

PCのキーを叩き始めた亜弥は背中を向けたまま答えた。

「そもそも、タカノはなんでこんな日にここに来たー？」

「休みだったんだよ――『肉のカトー』が」

遠い目をする俺に、亜弥は訳が分からない、という様子で肩をすくめた。そしてモニタを見てぼやいた。

「まだ他に誰かいるみたいだなー」

「なんで分かるんだ？　まさか、監視カメラをクラッキングしてるとか――？」

「学校のネットワークに接続しているマシンを見てるだけだけどなー。ゲストネットワークの方は生徒しか使わないから――」

「自分たち以外のPCがあるのはおかしいってことか」

「だなー」

亜弥は黒いウィンドウを開くと、カチャカチャとキーを叩いた。

「ほら、この二台はここにあるマシンじゃないんだなー。DHCPのリース時間から見ると最近つなげたものみたいだし、なんだろなー」

「ふぅん……お、おい、この物理アドレスっていうのはＭＡＣアドレスのことなのか？」

俺はＰＣのモニタにかじりついた。

「おー、よく知ってるなタカノー。それがどうかしたかー？」

「じゃあ、ここに出ている 50-C7-BF-FC- ……ってのは、このＭＡＣアドレスを持つＰＣが今、この学校のどこかにいるってことなんだよな？」

「だなー。これはＡＲＰテーブルだからなー」

「すぐ戻る！」

「ちょっ、ちょっとタカノー！」

俺は亜弥を残して廊下に飛び出していった。

13

窓を叩く雨は液体とは思えない破裂音を立て、体当たりをしてくるかのように風がうなっている。コンピュータ部の部室を飛び出した俺は渡り廊下を抜け、階段を駆け上がった。

だが、台風の暴風雨とは裏腹に、俺の勢いはすぐに失われていった。二階、三階と上がるにつれて速度は落ちていき、屋上に通じる階段の手前ではもう完全に歩みは止まってしまった。

見上げた先は真っ暗で、誰もいないことは明らかだった。

なぜ、確信してたのか——自分の思い込みが滑稽《こっけい》にすら思えた。この階段を上がればきっと衣川先輩がいる。そう思い込んでいた。

それでも、もしかしたらという期待を拭《ぬぐ》い捨てることはできなかった。俺は手すりに手を置いて一歩ずつ、暗闇の中を上っていく。明かりのない階段は目を凝らしてもほとんど見えなかった。スマホを置いてきたことが悔やまれる。

「衣川先輩」

声をかけても返事はない。闇雲に手を振り回しても壁や手すり以外に当たるものはなかった。そこは人がいた形跡すらない、ただの闇でしかなかった。

俺の、勘違い——か。

俺は真っ暗な階段の踊り場に腰を下ろした。

あの日の衣川先輩のアパート。すぐ横の衣川先輩の息遣いが、薄い布きれ一枚に遮られた——もしかしたら遮られていなかったかもしれない、衣川先輩の、その、なんだ、まあ、あれだ——あれから必死に意識を逸《そ》らそうとしてひたすら呪文のように唱えたＭＡＣアドレス。意味も分からないのに、アルファベットと数字の羅列はＣＭで連呼される電話番号のように今でもソラで言える。

ゴーゼロシーナナビーエフエフシー……。

そうだ。

コンピュータ部で見たあれは絶対に衣川先輩のPCのMACアドレスだった。間違いない。だから、屋上に続く階段《こ》にはいなくても、学校《ここ》に衣川先輩はいる。

俺は膝《ひざ》をパン、と叩いて立ち上がると、衣川先輩の教室に向かった。だが、二―Bの教室には誰もいなかった。

「しゃあない。片っ端から探すか」

だけど、学級棟、理科棟、北校舎と回って、結局部室棟まで戻ってきたけれど、どこにも人の気配すらなかった。

もう教室はすべて探した。

外は先ほどよりも風雨が増して、植え込みの高木は根こそぎ持って行かれそうになっている。轟々《ごうごう》とうねる風は雄叫《おたけ》びをあげるようにすべてを蹂躙《じゅうりん》する。人間一人くらい、簡単に吹き飛ばしてしまいそうだ。

――不可能な物をすべて除外してしまえば、あとに残ったものが、たとえいかに不合理に見えても、それこそ真実に違いない。

「だよな」

俺は独り言をつぶやいて、体育館に続く通路への引き戸を開けた。鍵《かぎ》を開けた途端にぱあん、と全開になる。風で引き戸が開くなんて、なんて力だ。あっという間に打ち込む雨で廊下がびしょ濡《ぬ》れになる。もちろん、俺もずぶ濡れだ。

なかなか閉まらない引き戸を諦《あきら》め、風に飛ばされそうになりながら屋根をつけただけの通路を抜けて体育館に向かう。横殴りの風に屋根は無力だった。ほんの数メートルなのに雨の中を歩いているのと変わらない。

風に足を取られ、走ることもできずに一歩ずつ進む。

一歩、また一歩――。

体育館横の土足置き場にたどり着くまで、ずいぶん長い時間がかかった。長いと感じたのは、そこにいることが見えているのになかなか前に進めなかったからかもしれない。

俺は膝に手をついて、息を整えてから顔を上げた。

「なんでこんなとこにいるんですか」

「開いてないの、避難所。困っちゃった」

そこにはぽつん、と膝を抱えた衣川先輩がいた。眉《まゆ》をハの字に寄せて、少し拗《す》ねたように上目遣いで俺を見上げている。

「ほんっっっっと、バカですね！」

「先輩になんて言い草」

「ほんとに……ほんとにもう！」

「どうしたの、変な顔して」

ほっといてくださいよ。ただの、泣きたくて腹を立てていて嬉しくて照れくさくて抱きしめたいのを我慢してる顔ですよ。

「でもよかった、祐も同じとこに避難してきて」

「あのですね……」

衣川先輩がにっこり笑って、俺は喉《のど》まで出かかった文句を飲み込んだ。

誰かのことを好きだ、と自覚するきっかけって、他人から見たらバカみたいなことだったりするんだろうな――俺はそんなことを考えていた。

14

「悪《わり》ぃ、遅くなった」

「何してたんだー、タカ……」

コンピュータ部の部室のドアを開けると、振り返った亜弥がそのままの形で固まった。

俺の隣には学校指定の大きなボストンバッグを抱えた制服の衣川先輩がいる。

「リ、リア充や……」

怯《おび》えた亜弥が後ずさり、モニタに隠れるように身を縮こまらせる。

「知ってると思うけど、一コ上の衣川先輩だ。あと、残念ながらリア充じゃない」

「衣川……先輩？」

知らなかったらしい。

「衣川先輩、この人は亜弥。合宿中のコンピュータ部で……先輩？」

気がつくと衣川先輩は俺の後ろにいて、俺の制服の袖《そで》をぎゅっと握りしめていた。

「ねえ、彼女の下の名前はなんていうの、祐」

「亜弥は下の名前ですよ。フルネームは嵯峨野《さがの》亜弥」

「……西村《にしむら》さんだけじゃなくて、嵯峨野さんも名前呼びなの？」

「えーと、そう……ですね。意識したことなかったけど。どうしたんですか、衣川先輩」

「マト」

「はい？」

「だから私はマトだってば、祐。西村さんは幼なじみだっていうから大目に見ていたけど」

なに言ってるんだこの人。

「ターカーノー」

突然の低い声にぎょっとして振り返ると、モニタの陰から亜弥が恨めしそうな顔を出していた。

「な、なんだよ亜弥」

「衣川先輩にタスクって呼ばせてるのか、タカノー？」

「べ、別に呼ばせてるってわけじゃないよ。先輩がかってt」

「ええそうよ。祐は祐だもの」

なぜか勝ち誇ったようにずいっと前に出て胸を反らす先輩。それを見てなぜか「ぐはっ」と胸を押さえる亜弥。どっかで見たことあるぞ、このやりとり。

「西村さんは幼なじみだしー、Fカップだから大目に見てたけどー、ポッと出の推定Bにすら負けるとは……」

大目に見るという意味から分からない。君らにとって理乃は特盛りかなにかか？

「私はCよ？　でも、Bにすら負けたっていうあなたは必然的にAってことになるわね」

「残念でしたー！　Aの下にAAってのがあるんだもんねー……うわあぁん！」

俺はいったいなにを見せられているんだろうか。

「そうだ、あのUSBメモリのマルウェアを見破ったのは亜弥なんですよ、衣川先輩」

「マト」

二人の間をとりなすように言ってみたけれどなんの効果もなかった。仕方なく言い直す。

「ああ、マト先輩」

「……なんで嵯峨野さんは亜弥なのに、私はマト『先輩』なの？」

「当たり前でしょ。先輩に向かって呼び捨てできるわけないじゃないですか」

「だったら嵯峨野さんも『亜弥同輩』と呼ぶべきでしょ。不公平だわ」

「どこの世界に自分の友達をそんな呼び方する人がいるんですか」

不服そうな衣川先輩をさしおいて、俺は亜弥の方に向き直って言う。

「亜弥。学校中くまなく探したけど、いたのは衣川先輩だけで他には誰もいなかったぞ」

「マト」

だからなぜ。

「ああ、マト先輩だけで他には誰もいなかったぞ。謎のマシンの一台はマト先輩のPCで間違いない」

「あとの一台は結局不明ってことかー。まあいいかー、アタタタタタタ、タス、タスクが校内の見回りしてくれたんだったらー。時間もないしなー」

亜弥も言えないんだったら無理して言うな。なんか世紀末救世主みたいになってんぞ。

「この天気だから電車も止まってるし、最初っから帰れるなんて思ってないぞ。別に時間は気にしなくていいよ」

「そっかー」

そう言いつつ、亜弥はマト先輩の様子をちらりと見る。マト先輩は興味なさそうに自分のPCをいじっていた。亜弥は少し迷うような素振りを見せてから言った。

「実は、十二時からヴァーチャルリンク対応VRデバイスのネット予約が始まるんだなー。うちの部でも二台は確保したいんだけどー」

「ああ、あれか」

俺は最近よく耳にするHMD《ヘッドマウントディスプレイ》のことを思い出した。なんでもケーブル一本でいろんな機器とつなぐことができる、注目の製品だ。

「もしかしたら、みんな間に合わないかもしれないなー」

見上げた時計の針は十時を過ぎている。まだみんなが来ると思っているのか。

「亜弥。電車は止まってるから、これから学校に来るのは危険だよ。部員たちには今日の合宿は中止になった、て流してくれ。その代わり、ネット予約は俺も手伝うよ」

「お？　おおー、助かるよタカノーじゃなくてタタ、タ、タスクー」

亜弥は嬉《うれ》しそうに言った。

15

「さて、そろそろだな」

ホットプレートを片付けた俺たちは、それぞれの席に着いてPCに向かっていた。マト先輩は相変わらず自分のPCをいじっている。

時刻は十一時五十分。プリペイド型クレジットカードの情報を手元に置き、複数のブラウザを立ち上げて予約販売サイトを開くが、申込ボタンにはいまだ「準備中」と表示されていた。

「あと五秒だー。リロード開始いー、カウントダウンをー」

亜弥の声に俺は姿勢を正す。

F5キーを叩《たた》き、リロードを始める。まだボタンの表示は「準備中」のままだ。

「四……三……二……」

リロード、準備中――リロード、準備中――リロード、予約！

「十二時！」

「予約開始ー！」

予約ボタンをクリックするが、真っ白な画面のまま反応が返ってこない。

「くそ、重いな」

「まー足切りされないだけマシだなー」

「どっちがいいのかわかんないけど」

リロードとタイムアウトを繰り返す。予想していたとはいえ、かなり厳しい状況のようだ。

「お、進んだ――ああダメだ。くそ、一画面で支払い入力まで全部終わらせてくんないかな」

次のページが表示されたと思っても、項目を入力して「次へ」をクリックするとタイムアウト。「戻る」ボタンで戻ると「もう一度入力し直してください」と言われる。俺は次第にイライラし始めた。

「あー、もう！　なんなんだよこの混雑は！」

「それだけ人気高いってことだなー」

「あれ、エラーページになった」

ブラウザには「Ｃｏｎｎｅｃｔｉｏｎ　Ｒｅｆｕｓｅｄ」という簡素なメッセージが表

示されている。俺だけでなく、亜弥も同じ状況だ。

「DDoS《ディードス》攻撃を受けてるわね」

マト先輩の言葉にモニタを覗《のぞ》き込む。世界地図の中の日本に、世界中から放物線が集中していた。こちらにまったく関心がなかったわけでもないらしい。

「なんですかこれ？」

「データセンタのトラフィック情報。中国、アメリカ、ロシア——世界中から来てる」

「これがすべて予約に殺到した人たちってことですか」

「そんなわけないわ」

マト先輩は即答する。

「日本語しかないサイトに、これだけ全世界から集中するはずないわ。いろんな国のいろんな機器が一斉にアクセスしているのよ。それがDDoS攻撃」

「そんな巨大な悪の組織があるんですか？」

「利用するだけだったら私たちにだってできるわ。ストレッサーの話はしたでしょ？」

俺はマト先輩の話を思い出した。ストレッサーは確か、サイトに負荷をかけてダウンさせるサービスのことだった。

「でもなんのためにこのサイトをダウンさせるんですか？」

「ＤＤｏＳ攻撃の目的は政治的な抗議とか、『またこんな目に遭いたくなかったら金を払え』って脅迫するケースとかね。そのほかには別の攻撃を隠蔽《いんぺい》するためというのも」

「なんにしろ迷惑な話ですね。予約開始の今日やらなくても」

「予約開始の今日だからやったんでしょうね」

マト先輩は事も無げに答える。

「おーつながったー！」

亜弥が嬉しそうに叫ぶ。俺も自分のＰＣを操作する。

「ほんとだ、こっちもさくさくつながるようになった。もう攻撃は終わったんですか」

「大抵のＤＤｏＳ攻撃は一時間以内に終息するから――いや、まだ攻撃は継続してるわね」

「そうなんですか？　普通にアクセスできますけど」

マト先輩のＰＣのモニタには相変わらず世界中から日本に放物線が延びている。

「ちょっとＤＮＳ引いてみる――ああ、これ、さっきまでのサーバとは違うサーバね」

「え？」

俺は気色ばんでマト先輩のＰＣを覗き込んだ。画面には黒いウィンドウになにやら文字が表示されている。攻撃を受けてサーバが代わったのなら、ただ事ではないだろう。

「乗っ取られたんですか？」

「ううん。たぶん、大阪と東京なんかに二つサーバを用意しておいて、なにかトラブルがあったら自動的に切り替えるような仕組みなんだと思うわ」

そうか。今までサイトが重たかったのは全世界から攻撃を受けていたから。そして、今はサーバが切り替わったためにすいすいアクセスできるようになったってことか。

ん？　ちょっと待てよ。

「ねえ、マト先輩。俺たちはどこのサーバで動いているかも知らずにアクセスしてるわけですよね？　ストレッサーはそうじゃないんですか？」

素人《しろうと》のバカな疑問なのかもしれないけど、俺たちがいつのまにか違うサーバにアクセスしているのなら、ストレッサーだってそうじゃないんだろうか。

マト先輩は思いのほか真面目な顔で答えた。

「確かにそうね。ＩＰアドレスを直に指定することもないわけじゃないけど、その場合は今のようにすでにスタンバイ側になったサーバに無駄な攻撃をし続けることになるわ」

「つまり、攻撃者が間抜けってことですか？」

「――ちょっと引っかかるけど。ＦＱＤＮで指定するなら簡単だけど、ＩＰアドレスで指定するには一手間かかるのよ。わざわざそんなことするくらいなら、最初っからＦＱＤＮでいいわけだし……」

専門用語が増えてきてよく分からない。ともかく、攻撃者はわざわざ一手間かけて無駄な攻撃をしている、ということのようだ。そこまで分かれば後は簡単だ。

「つまり、攻撃者にとってこの攻撃は無駄じゃないってことですね」

「……」

マト先輩は考え込む。その沈黙を破るように亜弥が口を挟む。

「でもスタンバイ機に代わってよかったなー。さっきまでＣｏｎｎｅｃｔｉｏｎ Ｒｅｆｕｓｅｄでアクセスできなかったからなー」

「Ｃｏｎｎｅｃｔｉｏｎ Ｒｅｆｕｓｅｄ？ そう出てたの？」

「ひゃ、ひゃい……」

急に先輩に話しかけられて、身を引きながら答える亜弥。その言葉を継いで俺が答える。

「確かにそう出てましたけど、それがどうかしました？」

「ちょっと待って……確かに、接続が拒否されてる。これＩＰＳの仕業だわ」

「ＩＰＳ？ インターネット業者のことでしたっけ？」

「それはＩＳＰ。ＩＰＳは侵入防止システムのこと」

「なんで俺たちが侵入防止システムにブロックされるんですか」

「攻撃を仕掛けたと見なされたのね、たぶん。うちからの接続が全部ブロックされてる。

ああ、ポートスキャンかけても全部アウトだわ」

俺は何が問題なのか分からず、亜弥と顔を見合わす。

「俺たちがリロードしまくったからでしょうか？」

「その程度じゃブロックされないわよ。少なくともＩＰＳレベルではね」

「つまり、この中の誰かが本当に攻撃を仕掛けたということか——？」

なんだか孤島の殺人事件みたいになってきた。

「あ、あたしは自分の部屋に戻らせてもらうぞー！　こんなクラッカーのいる部屋になんかいられないのー！」

ノリいいな、亜弥。でもそれ死亡フラグだぞ。

「ま、この中に犯人がいるはずもないか」

「なータスクー、だったらこの島に潜んでいる謎の人物エックスが犯人じゃないかー」

「誰だよそれ——あ、もう一台の謎のマシンか」

「謎のマシンって？」

俺はマト先輩に、この学校の学生用ネットワークに、正体不明の機器が一台接続されていることを説明する。亜弥がＰＣを操作して機器の一覧を表示させると、マト先輩はこめかみを人差し指で叩きながらＭＡＣアドレスを唱えた。

「このホストがどこの何なのかが分かればいいのね？　ちょっと調べてみる」

そう言うとマト先輩は大テーブルの隅の席に戻った。

「珍しいですね、マト先輩が自分からそんなことするなんて」

しかも、相手はあんなに言い合った亜弥なのに。

「さっきお肉ももらったし、ただでここにいさせてもらうわけにはいかないわ。その対価としてやるだけ」

マト先輩はモニタから目を離しもせずに答える。その様子を見た亜弥がすっと俺のそばに来て小声で訊《き》く。

「タスクー、衣川先輩って何者だー？」

「ああ、コンピュータには詳しい人だからたぶん、その謎のマシンが何なのかはすぐに分かると思うよ」

「だろうなー。あれ、脆弱性報告の世界トップに送られた特別仕様のPCだからなー。オークションで手に入れたのかなー。マニアックだなー」

亜弥はマト先輩のノートPCを指さした。たぶん、落札したんじゃないと思うぞ。

「何者だー？」

「だから、さっきから言ってるだろ。衣川先輩だよ。コロモガワ・マト先輩」

「は⁉」

亜弥は啞然《あぜん》として、大きく見開いた目でキーを叩くマト先輩の姿を見つめた。

「コロモガワ・マトって、あの、おそらく日本人と思われるコロモガワ・マトかー？」

「そうそうある名前じゃないからきっとそうなんだろうな」

「衣川マト……コロモガワ・マト……ああ、ほんとだー！　なーなー、コロモガワ・マト先輩、うちの部に入ってくれないかなー」

「たぶん入らないと思うぞ。金にならないことはやんないだろうから」

「そうかー……まあそうだよなー」

まるで憧《あこが》れの人を見るような目でマト先輩を見ていた亜弥は心底名残惜しそうにうなだれた。さっきまでのＡＡとかＣとか言ってた態度が嘘のようだ。

「どうやら、あなたたちが言っていたことが正解のようね」

「え？　どういうことです？」

先輩の言葉に俺たちは顔を上げる。

「確かにこの謎のマシンは通販サイトのサーバに不正侵入してる。こいつが犯人だわ」

16

突然、窓の外に閃光《せんこう》が走った。間髪容《い》れずドォン、という落雷の音。

「ど、どうして不正侵入してるってわかるですかー」

口を開いたのは亜弥だった。慣れない敬語で口調が変になっている。

「同じネットワークにいるんだから、内容は分からないにしても盗聴は簡単でしょ。ほら、この謎のＰＣはその通販サイトのサーバに接続してる」

先輩がＰＣの画面を指し、亜弥が覗き込んで訊く。

「それで、その犯人はなにをやってるんですか？」

「一番簡単なのはフィッシングじゃないかしら」

「釣り？」

俺の頭の中には釣り針を咥《くわ》えて引き摺《ず》られていくクマの絵が浮かんでいた。

「詐欺サイトよ。ホンモノのサイトに見せかけてクレジットカードの番号とか、ＩＤ、パスワードを入力させるの」

「なるほど……じゃあコレはニセモノってことなんですか？」

　俺は入力途中になっていた通販サイトのページを指す。アドレスバーには緑色で企業名まで表示されている。これがニセモノならどうやって見分ければいいんだろうか。

「ああ、フィッシングという言い方は正確じゃないか。改ざん、と言った方が正しいのかな。通常だと通信が保護されていなかったり、URLが微妙に違ったりすることが多いけど、これは本番のサーバに何かあったときの予備サーバだから、それ自体は本物よ。ただ、ファイルが書き換えられているだけ」

「……あたし、カード番号入れちゃったよー」

　亜弥が不安そうに訴える。

「こっちもサーバに侵入する？　いったん犯人の接続切って、間に入ればたぶん行けるわ」

「侵入してどうするんですか？」

「消したいんでしょ、クレジットカードの情報。ＯｐｅｎＳＳＨのバージョンも古いし、入ってしまえば権限昇格に使えるエクスプロイトは見つかりそう」

「じゃあー」

「ダメだ」

　希望を見つけたかのようにマト先輩にすがる亜弥を制して言う。

「それじゃあ、俺たちが犯人にされる」

「そんなぁ……あたしは被害者なのにー」

「マト先輩。このサイトが詐欺サイトだとしたら、実際にはカードの決済はされてないってことですよね？」

「おそらくね。決済したふりをしてカード情報を集めてるんだと思うわ」

「つまり、カード番号は盗まれたかもしれないけど、まだそれは使われていないってことだ。だったらさっさとカード会社に電話して止めてもらえばいい。プリペイド式だから、先にアマゾンでギフトカードを買って全部使いきってもいい」

「そっかー、なるほどー！」

亜弥は慌ててスマホを取り出して電話をかけ始めた。カード不正使用窓口はこんな夜中でも一発でつながる。

それを眺めていたマト先輩が口を尖《とが》らせて言う。

「ばれないわよ、サーバに入ったって。悪いことをするわけでもないんだし」

「目的がどうであれ、不正アクセスという時点でやばいことになります。俺たちは夜中に学校に集まって、それをやるんですよ。状況が著しく不利です」

被害者が犯人として扱われたサイバー犯罪は、今までにもニュースで見たことがある。

それに、警察の印象次第で犯人は簡単にでっち上げられてしまう――梅屋が理乃を犯人に仕立て上げようとするところを目の当たりにした俺にとっては、それは十分考えられることだった。

「じゃあ、クレジットカードを抜かれた他の人はどうなるの？　嵯峨野さんは助かったかもしれないけど、他にもいっぱい被害者はいるのよ」

「犯人の方を捕まえればいいじゃないですか。この学校にいるんでしょ？」

「PCがこの学校のネットワーク上にいるってだけよ。そのPCを別の場所から遠隔操作しているのかもしれないじゃない」

「でも、犯人のPCが誰と通信しているか、調べたんですよね？　それで不正侵入してるって分かったわけなんだし」

「！　たしかに……」

マト先輩があまりにも素直にうなずくのを見て、俺は少し驚いた。意外にも素人《しろうと》の俺の言葉にも気づくことがあったようだ。

「たしかにそのとおりだわ。犯人のPCはあのサーバとしか通信していない。遠隔操作じゃないんだわ」

「だとしたら、やはりこの学校のどこかにヤツがいるってことですね」

「ぞっとしない話ね。こんな仕掛けをするなんて、職業的犯罪者かもしれないわよ」

「まさか」

「海外ではマフィア子飼いのハッカーなんて珍しくないわ」

「ちょ、脅かさないでくださいよ」

そのとき、廊下の方でガタン、と音がして、みんなが一斉にドアの方を振り向いた。

（い、今廊下で音がしたよなー？）

ひそひそと亜弥が訊く。多少声を殺したところでなにも変わるわけじゃないけど、俺も同じ気持ちだった。声を出さずに頷《うなず》く。

（なんで学校の中に入ってこれるんだー。鍵《かぎ》掛かってるのにー）

（……あっ）

そうだ、さっきマト先輩を探していたとき、風でドアが閉まらなくて諦《あきら》めたんだった。

（悪《わり》ィ、ドアが開いたままだ）

（まじかー。勘弁してくれ、もー）

カツン、カツン――。

廊下からはっきりとした人の足音が聞こえてきた。明かりを消せ、とジェスチャで指示をし、亜弥がスイッチを切る。手のひらを下に向けて上下させると、二人とも机の陰に隠れて息を潜めた。

通り過ぎろ、通り過ぎろ、通り過ぎろ――。

カツン、カツンッ。

願いも空しく足音は部室のドアの前で止まった。俺はドアの横にしゃがんで神経を集中させる。

ガラッ。

ドアが開き、何者かが部室に入ってきた。

今だ！

俺はその謎の人物の足元にタックルした。

「おわっ⁉」

男の声だった。そいつは思いっきり前のめりに倒れた。すかさず後ろから左腕を搦《から》め捕り、チキンウィングフェイスロックの形に極《き》める。

「いてててて、ちょっ、ギブギブ！」

「亜弥！　明かりつけて！」

パチン、と音がして部屋が明るくなり、俺は自分の組み伏せている相手が大人の男であることに気づいた。

「……コーコー？」

顔を上げると目を丸くしたマト先輩が呆然《ぼうぜん》と立っていた。

「よ、よう、マト」

「えっ……？」

俺は男とマト先輩の顔を交互に見た。

17

「やれやれ、もっと若いときだったら不意を突かれたってこんな醜態は晒《さら》さなかったんだけどな」

男は足を投げ出したまま俺に極められていた肩を回し、首の動きを確かめるように捻《ひね》る。

俺は居心地が悪くて、床についた両膝《りょうひざ》に手を置いて頭を下げた。

「すいません、その……」

「ごめんね、コーコー。祐も悪気があったわけじゃないの」

割り込むように話しかけるマト先輩に、男は苦笑する。

「分かってるって。こんな時間に、学校をうろつくヤツなんて危ないヤツだと思うよな。女の子もいるんだし、身を張って守ろうとしたんだ。大したもんだよ」

男の言葉にマト先輩はほっとしたように胸をなで下ろす。男はボーダーのTシャツに羽織った七分袖《しちぶそで》のシャツの襟を整えて立ち上がった。背は百八十後半くらいだろうか、俺より頭一つくらい高い。すらりとして、スマートな身のこなし。三十歳のようにも、大学生のようにも見える。

「びっくりしたよ、マトがめちゃくちゃ綺麗《きれい》になってて」

「そんなこと――」

マト先輩は恥ずかしそうに俯《うつむ》いた。そして俺の袖口をぎゅっと握ると、赤い顔で言う。

「あ、あのね！　この人、鷹野《たかの》祐くん」

「どーも、鷹野クン。はじめまして。僕は鴻上《こうがみ》、マトの古くからの知り合いだよ。今日帰国したんだけど、台風の影響で関空に降りる羽目になっちゃってね、そこからさっき着いたところなんだ」

「どうも」

俺がぺこり、と頭を下げると鴻上は慈しむような笑みを浮かべた。

「ひょっとして、マトの大切な人かい？」

「……うん」

びっくりして振り返ると、マト先輩も袖口を握った手にぎゅっと力をこめて微笑みを浮かべていた。

「そうか、よかったな会えて」

「……うん」

俺は園長先生の言っていた、マト先輩のお兄ちゃん代わり、という男の話を思い出した。きっとこの人がそうなんだろう、という確信があった。

「でもコーコーはどうしてここに？」

「あしたばの先生が『マトは避難所に行くって言ってた』って言うからさ、大方学校の体育館がいつも避難所になってるとか思って来たのに、入れずに震えてるんじゃないかと思ってね」

「やだ、そんなんじゃないわ」

いきなり図星を指す鴻上さんに笑いそうになる。やっぱり小さい頃から知っているからだろうか。

18

マト先輩はそんな俺の様子を見て「なによお」と頬を膨らませた。

部室棟の廊下のトイレから出た俺は、何気なしに暴風雨に蹂躙《じゅうりん》される楠《くすのき》を眺めていた。マト先輩と鴻上さんは久しぶりの再会のようだし、少し話をする時間を作ってあげようという親切のつもりだった。

それにしても……。

「大切な人、かあ」

自然と頬が緩む。

「タカノー」

突然の呼びかけに振り向くとペンギンがいた。着ぐるみパーカーを着た亜弥だった。

やば、聞かれたかな。俺は動揺を誤魔化すように話しかけた。

「タスクって呼び方はやめたのか？　俺はどっちでもいいんだけど」

「んーやっぱり、タカノはタカノだなー」

そう言うと亜弥は俺の隣に立って、並んで壁にもたれかかった。

「いいのか、出てきちゃって。あの二人はどうしてるの？」

「コロモガワ・マト先輩に任せてきたー。今はネットワーク通信をモニタしてるー」

「そっか」

ピカッと稲光に照らされ、一瞬、壁に俺と亜弥の影が映る。

「鴻上さんはサイバーセキュリティ詳しいんだなー。コロモガワ・マト先輩といろいろ話してたけどあたしには正直よく分かんなかったー」

「亜弥でも分かんないの？」

亜弥は肩をすくめて首を振った。

「企業レベルの話だと実態を知らないからなー。サイバーセキュリティの知識もせいぜい、ニュースサイトの情報くらいだしー」

「そういうものなのか」

俺にはその違いはよく分からない。なんにしたって、全部コンピュータじゃないか。

「なータカノー」

「うん？」

亜弥は廊下に目を落とし、言葉を選ぶように口を開いた。

「タカノはどう足掻《あが》いても勝てないような相手が突然現れたらどうするー？」

「なんだよ突然」

「いーからー」

亜弥の言葉に俺は虚空を見上げる。年上で、落ち着いていて、背も高くて、余裕があって、そして……マト先輩と対等にセキュリティの話ができる鴻上さんの爽《さわ》やかな笑顔が浮かぶ。

でも、不思議と劣等感を感じない。きっとそれは、マト先輩にとって自分が「大切な人」なのだと知ったからだろう。その理由はやっぱり謎のままだけれど。

「どう足掻いても勝てない、なんてありえないんじゃないかな」

「どういう意味だー？」

「たとえばさ、背の高さでは敵《かな》わないかもしれない。でも、背の高さを気にしない人にとってはそれはどうでもいい話だよな。逆に、その人が背が低い方が好きだったら、その人にとっては俺が勝ちだ。そうだろ？」

「……そうかー。そうだなー。勝手に負けた気になってもしょうがないもんなー」

亜弥は袖で隠れた両手でぽんぽん、と自分の胸を叩《たた》いた。

ひょっとして、亜弥はわざわざ俺にそのことを伝えに来たんだろうか。

以前の俺だったら、俺と鴻上さんを比較してくさったりしたかもしれない。そんな俺のことをよく知っているから、だからきっと亜弥はわざわざ慰めに来てくれたんだろう。

「ありがと、亜弥」

「は、はわ？　なんでお礼ー？」

素《す》っ頓狂《とんきょう》な声を上げた亜弥は、顔を赤くして目を逸《そ》らした。

「じゃ、じゃあタカノはおっぱいはちっちゃい方が好き……ってこと、でいいのかー？」

「いつそんな話になった」

「ちがうのか、タカノー」

「なんで泣きそうな顔でそんなこと訊《き》くんだよ」

「ふぐっ、タ、タカノのばかー！」

「おい、ちょっと待てって！　なんで泣くんだよ、おいってば！」

俺はぷんすか怒りながらどすどす、と歩いて行く亜弥の後を追った。

なんなんだ、まったく。

19

部室に戻ると、鴻上さんは回転椅子に反対向きに座っていた。背もたれの上で腕を組み、その上に顔を乗せて興味深げにマト先輩の話を聞いている。

「なるほどね。お、帰ってきたな、鷹野クンに嵯峨野クン。役者が揃ったところで謎解きタイムと行こうか」

鴻上さんはパン、と手を叩くとみんなを見回した。マト先輩は壁にもたれて、軽く腕を組んでいる。その表情は楽しげだ。

「コーコーは私なんかより、ずっとサイバーセキュリティに詳しいの。今日あったことを話したら、『面白い事件だ』って」

マト先輩はウキウキした様子で、屈託のない笑顔で俺に語りかける。

「なぜ、この学校でサイバー犯罪が行われたのか――この学校でなければならなかったのはなぜか。そして、犯人は誰なのか。みんなで考えてみようか」

「でも、俺はサイバー犯罪のことなんか――」

この中では俺だけ、場違いなくらいサイバーセキュリティのことを分かっていない。なのに、鴻上さんは気にする様子もない。

「っと、一足飛びに答えを言うのは勘弁してくれよ、鷹野クン。マトから聞いてるよ、ＯＳＩＮＴ《オシント》の名手だって」

「ほめすぎですよ」

俺は短く答える。鴻上さんは爽やかな笑顔でうなずいた。

「じゃあ、今日あったことをおさらいしてみよう。まず、ＨＭＤの予約サイトがＤＤｏＳ攻撃を受けて、スタンバイ機に切り替わった。そして、そのスタンバイ機にはこの学校のネットワークにぶら下がっているＰＣが不正侵入している、そうだね？」

みんながうなずく。

「そして今回、犯人がやろうとしていて、そして実際にやったことはサイトを改ざんしてフィッシングページを設置することだった。カード情報の窃取は動機として十分だから、これが目的だと仮定してもいいだろう。その一方で、これだけの規模を持つサイトの改ざん、てのはそう簡単じゃあない」

「どうして規模が大きいと難しいんだー？」

亜弥が訊《たず》ねる。

「お、なかなかいい着眼点だね、嵯峨野クン。そうだ。一般的には規模が大きいと難しい、そう簡単に考えがちだけど、なぜ難しいか、という理由にまで踏み込んで考えることは大事だ。分かる人はいるかい？」

「不正侵入を検知・防止するセキュリティ機器が導入されていること、監視が厳重であること、セキュリティパッチが当てられていること――」

指を折りながらマト先輩が答える。経験に裏打ちされているような明確さだった。

「そのとおり。不正侵入を許さないための対策が十全に行われているからだ。でも、今回犯人は改ざんに成功した。なぜだろうか？」

俺は考え込んだ。「十分に対策されているのに攻撃に成功したのはなぜか」なんて、情報が少なすぎてどうとも答えられるし、どうにも答えられない。

「そんなの、対策が十分でなかったか、想定外の攻撃を行ったかのどちらかしかないんじゃないですか」

質問に対する抗議のつもりで言うと、意外にも鴻上さんは「そのとおり！」と嬉《うれ》しそうに答えた。

「いやさすがだね、鷹野クンは。本質をよく捉《とら》えてる。マトが太鼓判を捺《お》すのも納得だよ」

「いやぁ、それほどでも」

つい照れ笑いが顔に浮かんでくる。

「でも、対策が十分じゃなかった、てことはありえるのかー？」

亜弥が訊ねる。

「嵯峨野クンはありえない、と思うのかい？　それはどうして？」

「ありえないとまでは言わないけどなー、そういうのって気づかないものなのかー？」

「なるほど、じゃあいったん、対策が十分でなかったとして、なぜそれに気づかなかったのか、という問題として考えてみようか」

「一言で対策っていってもいろいろあるんじゃないですか。方法も対象も」

どうにも抽象的で、一向に具体的なところに落ちてこない。しかし、やっぱり鴻上さんは「そのとおり！」と嬉しそうだ。

「方法も対象もいろいろある。じゃあ、今回の対象はなんだ？」

その瞬間、俺の頭の中の霧がぱあっと晴れた。

そうか。そういうことか。二つのピースがカチ、とはまった。

「スタンバイ機だ。スタンバイ機は普段使われないから、対策が甘くなっていたことに気づかなかったんだ」

「さすがだね」

20

「犯人はスタンバイ機しか改ざんできなかった。逆に言えば本番機を改ざんすることはできなかったということだ。改ざんするためにはなにが必要になる？」

「サーバに接続できること、ログインできること、改ざんに必要な権限があること」

鴻上さんの質問にマト先輩がすらすらと答える。

「ま、このあたりは即答か」

「なんで三つに分けたー？　同じじゃないのかー？」

亜弥が手を挙げて訊ねる。鴻上さんは、にっ、と笑ってマト先輩を見遣《みや》る。

「ログインするためにはサーバにＩＤやパスワードの情報、あるいは攻撃パケットを送らないといけないけど、そもそも通信ができなかったらそれ自体を送ることができないわ。それに、ログインできたとしてもゲストアカウントのようにほとんどできることのないアカウントだったら改ざんはできない」

「そういうこと。そもそもインターネットから接続できないサーバだと、攻撃のハードルはかなり高い。その点、ウェブサイトはどこからでもつながるから、そこを足がかりにしやすい。今回は違うみたいだけど」

マト先輩の説明を鴻上さんが引き継いで説明する。亜弥が質問するってことは難しい話なのかもしれないが、それでも気になることは分かる。

「今回はインターネットから接続できないサーバだったのか？」

「試してみればわかるさ。マト、テザリングでつないでみて」

「うん」

マト先輩が左手でスマホを、右手でＰＣを操作する。

「つなげたわ。こっちのＩＰアドレスは１．７９．１８３．２４４」

「これでこのＰＣは学校のネットワーク以外につながったことになる。じゃあそのスタンバイ機にポートスキャンしてみて」

「ダメね。全部閉じてるわ」

「そっちのＰＣだとどう？　ポートスキャナ入ってないんだったらとりあえずｓｓｈ試してみて」

鴻上さんが亜弥に指示する。専門用語ばかりで今イチピンと来ないけれど、この状況だと分かっていないのは自分だけだろう。仕方なく無言で見守る。

「あっ、つながったー」

「ログインしたのか？」

俺は不正アクセスにならないか、不安になって訊いた。

「ログインはまだだけどー、応答《レスポンス》が返ってきてるからなー。ああそうかー、これがサーバに接続できるけどログインできない状態かー」

見ると、黒い画面になにやら文字が出ていて、イエスかノーかの入力待ちになっていた。

それがなにを意味しているのかはともかく、この比較実験の意味するところは俺にも理解できた。

「つまり、このスタンバイ機はこの学校からしかつながらないということですか？」

「いくつかの要因を合わせて考えるとそうなるね」

だから、犯人はこの学校のネットワークから攻撃を仕掛けているのか。でも、どうしてうちの学校だけがそんな特別扱いをされてるんだろうか。本来、うちの代わりに特別扱いを受けるべきところが他にあるのだろうか？　もしそうなら、そこはなぜ気づかないんだ？

「お、考えてるね、鷹野クン」

「逆に、どこからならつながってもおかしくないんですか？」

「運営会社や開発会社、運用保守を請け負ってるところとかね」

俺の質問にすっとマト先輩が答える。ほんとこういう実情に詳しいな。

「昔はここが開発会社だったりしてね」

開校五十周年を迎える愛帝学園にそれはありえない。ただの軽口のつもりで言った俺の言葉に、なぜかマト先輩と亜弥がハッとしたような顔をする。鴻上さんだけがニヤリとしていた。

「さすが鷹野クンだ。そのとおり、この学校のＩＰアドレスは以前、この近くにあった開発会社のものだ。会社が廃業して返還されたＩＰアドレスが、この学校に再割り当てされたんだ」

「なんでそんなことを知ってるんですか」

「僕も昔、この近くに住んでて、そこでバイトしてたんだよ。完全に覚えていたわけじゃないけど、見覚えがあったんでね」

リアルな住所のことを言ったつもりだったけれど、なんだか違うように解釈されたらしい。

「じゃあ、犯人はそのことを知っていた人ってことになるのかしら？」

「ここに一人いますね」

俺の軽口に鴻上さんは違いない、と笑った。

「マト先輩の話だと、犯人のPCは校内のネットワークにつながっていて、直接操作しているんでしょ？　でも、校内には誰もいませんよね」

「ちょっと難しい話になるから詳細は割愛するけれど、さっきパケットモニタを見せてもらった限りだとブリッジモードの無線LANのアクセスポイントにつないでいる可能性はある」

「マト先輩、アクセスポイントってどこにあるんですか？」

「基本的には各校舎、各階に有線接続したメッシュルータがあるわ。そこまで強力なものじゃないけど」

「それってどれくらいの距離までつながります？」

「障害物の有無とかでかなり違うからなんとも言えないけど、数十メートルってところじゃないかしら」

そうすると、校内のアクセスポイントに校外から接続することはあまり現実的ではなさそうだ。

「運動場とか、プールとかはどうやってつないでるんですか？」

「そもそもつながってないもの。体育館だけは有線で引っ張ってるけど」

体育館はぎりぎり建屋がつながっている状態だから、それもそうかと思う。しかし、校内のネットワーク状況に相当詳しいな、マト先輩は。きっといろいろ調べまくったんだろう。

「あれ？　そうすると監視カメラってどうやってつないでます？　運動場の反対側にありますよね」

「あれは無線だけど、警備会社のネットワークで校内ネットワークとは接続してないわ」

「校門のところのカメラも？」

俺は学校に忍び込んだときに目が合ったカメラのことを思い出した。

「あれは監視カメラじゃなくてインタフォンの補助カメラよ」

なんだ、びくびくして損をした。

「じゃあ、インタフォンのカメラから校内のネットワークにつながるわけですね？」

「あれは有線だもの。無線じゃないわ」

「じゃあダメか……ん？　そうすると校舎の外壁にまで線を引き出してるってこと？」

「そうなるわね」

「よく分かんないけど、それって大丈夫なんですか？　その線につなげば使えたりしませ
ん？」

「……可能性は、あるわ」

マト先輩は難しい顔で答える。俺たちのやりとりをじっと聞いていた鴻上さんはうん、
とうなずいて立ち上がった。

「最初っから漏話を前提とした無線と違って、有線は物理的な対策が重要なんだけど意外
にずぼらなところは多いね。さて、犯人をふん縛りに行くか」

そう言うと鴻上さんは上に羽織ったシャツを脱いで椅子に掛けた。

「ちょ、ちょっと待ってください、鴻上さん」

俺は慌てて声をかけた。

「ん？　どうかしたかい？」

なんと言えばいいのか、自分でもよく分からない。

「その……いいんですか、鴻上さんが犯人を捕まえに行っても」

「はは、大丈夫だよ。不意を突かれなきゃ、さっきのような失態は演じないさ」

鴻上さんは苦笑いする。

俺が心配したのはそんなことじゃなかったけれど。

21

風雨の勢いはやや弱まってきたものの、まだ時折突風の轟音《ごうおん》が聞こえてくる。

俺は階段の踊り場の窓を開け、雨になぶられながら身を乗り出して外壁に設置されたカメラを覗《のぞ》き込んだ。カメラの後ろに小さな箱がダクトテープで貼り付けられ、カメラにはその箱を経由したケーブルがつながっていた。おそらく小型の無線ルータだろう。

俺はヘッドセットに向かって話しかけた。

「予想どおりです」

『気をつけて、祐。そのサイズならあまり電波は強くないから犯人は近くにいるはずよ』

ヘッドセットから流れてきたいつもどおりのマト先輩の声。俺は少しほっとする。

危険があるといけないから、と、マト先輩と亜弥をモニタリング要員として施錠した部室に残し、俺が無線アクセスポイントの確認に、鴻上さんが犯人確保に向かっている。

『鷹野クン』

次に流れてきたのは鴻上さんの声だった。少し硬さを感じる声に俺は身構えた。

『どうやら――犯人は僕の知り合いのようだ』

「……」

俺が心配したとおりだった。

開発会社の話が出てきた時点で、鴻上さんが犯人と面識があることはある程度予想していた。外を見ると、校門の近くに停めた車に近づいていく鴻上さんの姿が目に入った。鴻上さんが車の窓をコンコンと叩《たた》くと、するすると窓が開いた。

『田村《たむら》さん、ご無沙汰《ぶさた》してます。鴻上です』

『鴻上！　ずいぶん久しぶりだな。どうしたこんな日に』

『やめましょうよ、田村さん。そんなこと』

俺はヘッドセットから聞こえてくる声に固唾《かたず》を呑《の》んで聞き入った。かすかに男のため息が聞こえたような気がした。

『なんのことだ――てのは野暮か。お前のことだ。俺がなにをしようとしているのか、全部分かってるってことだよな』

『気づいたのは僕じゃないですけどね』

『昔から優秀だったよ、お前は』

『……僕を育ててくれたのは田村さんだと思ってますよ。今でも』

『お前があのまま正社員になってくれてたら、俺の人生も違ってたのかもしれないけどな』

『そこまで買っていただくのは嬉《うれ》しいですけど、たぶんおんなじだと思いますよ』

『お前、あのあとどうしてたん――』

唐突にプツン、と音声が途切れた。スマートフォンを見ると鴻上さんはチャットルームから退室していた。

22

犯人の田村は開発会社の元社長だった。

業績の悪化により廃業せざるを得なくなった田村は、経済的に困窮し、フィールドサービスの下請けなどで糊口《ここう》をしのいでいた。そんな折、愛帝学園の無線ＬＡＮ敷設の仕事を請けた際にそこのＩＰアドレスが以前、自分の会社で使われていたものであることに気づいた。

田村はそのときに、以前自分たちが構築した通販サイトからカード情報を窃取することを思いついた。それらの通販サイトには開発時にメンテナンス用の秘密の裏口を開けていたし、それがまだ残っている可能性が高かったからだ。

だが、ほとんどのところは昨今のクラウド化によってシステムを刷新し、使えなくなっていた。唯一残っていたのが今回のＨＭＤ販売会社の通販サイトだったが、それも本番機の方はインフラ基盤をクラウドに移していて、スタンバイ機だけが残っている状態だった。田村はインタフォンカメラの後ろに無線アクセスポイントを仕掛けると、スタンバイ機のサイトをフィッシング用に作り替えた。スタンバイ機に改ざん検知ソフトが入っていないことは知っていた。

あとは注目の製品の予約タイミングに合わせて攻撃をかけた。効率が良いと思っていた田村の攻撃はＩＰＳでブロックされたため、ストレッサーで負荷をかけるＤＤｏＳ攻撃に移行。スタンバイ機に切り替わるのを待った。サーバ上にファイルを残さないよう、窃取したデータは随時ＰＣに送り込む仕掛けになっていた。

「僕にとってはどうにも後味の悪い話だけれどもね」

俺たちにことの真相を話し終えた鴻上さんは軽く肩をすくめた。田村と鴻上さんの間にどんな過去があるのかは知らないけれど、自分の恩人が犯罪に手を染めるのを目の当たりにするのはやりきれないものがあるだろう。

田村はきっと根っからの悪人ではない。鴻上さんに声をかけられて田村はあっさり罪を認めたし、運営に連絡したのか、通販サイトはすでにメンテナンス画面に変わっている。夜が明ければ出頭するだろう。

時流に乗れず、事業に失敗したときに、たまたまサイバー犯罪が成功する環境に気づいてしまった。そんな偶然がなければきっと田村も罪を犯さなかっただろう。だからといって田村のやったことが正当化されるわけではないけれど、田村のみならず鴻上さんだって「そんな偶然さえなければこんなことにはならなかったのに」という思いはあるはずだ。

小学生の頃の苦い記憶が思い出される。

その頃の俺は推理力と洞察力をほめられ、将来はシャーロック・ホームズだ、なんておだてられていい気になっていた。犯罪を暴くことは正義だと固く信じていた。今でもそのこと自体が間違っているとは思わない。でも、その頃の俺はただ、犯罪を暴き、称賛を受けることに快感を覚えていただけだった。それを耳触りのいい「正義」と言い換えていたに過ぎなかったのだ。

俺は一人の女の子の家庭を崩壊させるまで、そのことに気づかなかった。ひとたび犯罪が起きれば、多くの人がなにかを失う。

だから被害者であれ、加害者であれ、自分の知人には犯罪に関わってほしくない。もちろん、マト先輩にも。

――マト先輩はどう思っているんだろうか。

サイバー犯罪の現場にあるのは単なるデジタルデータ、数字の羅列でしかない。でも、その向こうにはやはり、加害者がいて、被害者がいる。カード番号を入力してしまって、泣きそうな顔をしていた亜弥の様子を思い出す。

マト先輩は胸の前でぎゅっと手を握りしめ、不安そうな、切なそうな瞳《ひとみ》で鴻上さんを見つめていた。

「っと、雨もあがったようだし、そろそろ僕は失礼するよ。じゃあね」

「さよなら、鴻上せんせー」

手を挙げて部室を出て行く鴻上さんに、亜弥が軽口を叩く。考えてみれば鴻上さんは分かっていることをきちんと筋道立て、俺たち自身に答えを気づかせるということをやっていた。もし鴻上さんが教師なら、きっといい教え方をしてくれるだろう。

――梅屋が異動となり、その代わりにやってきた非常勤講師が鴻上さんだったことを俺が知るのは夏休み明けの始業式のことだった。

そこにマト先輩の姿はなかった。

第三話　最強の武器

1

「マトっち先輩、今日も来てないんだって」

屋上で弁当を食べながら理乃《りの》が言う。

九月の太陽はまだまだ高く、俺たちは給水塔の陰に並んで座っていた。日差しの当たるところはゆらゆらと蜃気楼《しんきろう》すら見えるような気がする。

「そうなんだ、へぇ」

俺はパック牛乳でパンを流し込んで答える。その様子を見て、理乃は首を傾げる。

「心配じゃないの？」

「そりゃまあ、心配だけど」

「ふうん——夏休み、マトっち先輩となんかあった？」

「べ、別になにもないよ」

理乃は俺の顔を半眼でじっと見つめて「ならいいけど」と、全然よくなさそうな様子で言う。

なんで女の子ってこういうところが異様に鋭いのかね。

マト先輩のことが好きだって自覚してしまった俺は、台風が過ぎた後、マト先輩を公園に呼び出して告白した。どきどきはしていたけど、それはこれから始まるラブラブな生活に対する期待だった。夏休みはまだたっぷり残っている。海に行ったり、夏祭りに行ったり、お互いの家に行ったり――あんなことやこんなこと、妄想は際限なく膨らんでいた。

それが、まさか断られるなんて。

俺の告白を聞いたマト先輩はびっくりしたように一瞬目を丸くすると、頬を赤らめ、怯《おび》えるように目を泳がせた。その直後、何も言わずに頭を下げて走り去ってしまった。

そんな展開、思いもしていなかった俺は呆然《ぼうぜん》と立ち尽くしていた。

なんだよ、これ絶対両思いの流れだったじゃないか。その自信があったからこそ、告白したっていうのに。断るくらいだったら最初っからそんな気見せるなよ。別にそういうのがなければこっちだって好きにならないっつの。ほんとのところ、別にそんなに好きなわけじゃ——好きなわけじゃ——。

「うがあああっ」

俺はしゃがみこんで頭を掻《か》きむしった。

ずるいよマト先輩。惚《ほ》れさせてから振るなんて。

「ちくしょーっ！」

公園には学園一の美少女に振られた冴《さ》えない男子高校生の咆哮《ほうこう》が響いていた。その後、相談がある、とか、会って話がしたい、とか、何件かチャットツールにメッセージが入っていたけれど、身の程知らずの失恋をしてしまった自分が恥ずかしくてすべて既読スルーしてしまっていた。そのうち、メッセージも来なくなった。

——なんて話を理乃にできるわけもなく。

「マトっち先輩のクラスの人に訊《き》いてみたけど、病気じゃないらしいよ、ってだけ。祐《たすく》はマトっち先輩の家知ってる？」

「知ってはいるけど——」

あの今にも崩れそうな再訪荘《あばらや》を軽はずみに人に教えるのは憚《はばか》られた。理乃はなにかを察したのか、「そっか」とだけ答えた。理乃の家庭も問題を抱えていたから、プライベートへの踏み込みには慎重なのかもしれない。

「じゃあ、ちょっと祐が様子を見てきてよ」

なんで俺が、という言葉を飲み込む。断るのはさすがに不自然だ。気まずい思いはあるけれど、確かに心配ではある。一人暮らしだと何が起きていてもおかしくない。

俺はうん、と軽くうなずいた。

「それより理乃の方は最近どうなんだ？　友達付き合いとか、アイドル活動とか」

「なにそれ、お父さんみたい」

理乃はけらけら笑って言う。

「もともとそこまで仲のいい子がいるわけじゃないし、あんま変わんないよ。あの事件も夏休み前の話だし、それに美和《みわ》ちゃんが『理乃の成績が上がったのは私の教え方がいいからよ』って言ってくれたから」

そうか。試験問題漏洩《ろうえい》事件からもう三ヶ月も経つのか。真犯人の委員長こと九重《ここのえ》美和は真相を語ることはなかったようだ。

「梅屋《うめや》先生がなんか悪いことしたから異動になった、ということだけ噂になってる感じ。誰がその試験問題を受け取ったのか、てことは話題になってないし」

「理乃はいいのか？　その、千代《ちよ》が誰なのかを知らなくても」

理乃を脅迫したときに委員長が名乗った偽名のことを訊くと、理乃は顔の前で両手を振って否定した。

「いいよ、もう。だって、祐がもう心配しなくていい、て言ってくれたでしょ。それを信じるよ。それに――」

「それに？」

「なんか、怖いんだ。知りたい気持ちよりも、そっちの方が強い感じ」

「そっか――」

もしかしたら理乃はうっすらと気づいているのかもしれない。理乃がジュニアアイドルをやっていたことを知る人物は少ない。

これでいいんだ――俺は自分に言い聞かせた。委員長には「お前の悪行はバレている、いつでも白日のもとに引きずり出すことはできる」ということは伝わっている。理乃の言うとおり、もう心配しなくてもいい。

「それにみんな、梅屋先生の代わりに来た鴻上《こうがみ》先生がかっこいいって、その話ばっかしだもん」

「ああ、鴻上先生ね。確かに梅屋の後だと引き立つな」

「そういうのなくってもかっこいいでしょ、鴻上先生は。教え方もよくって、いっつも職員室は質問にくる生徒でいっぱいだって」

「ふうん」

「あ、別にあたしが言ってるわけじゃないよ？　みんなが言ってるだけだよ」

なぜか理乃は慌てたように言い訳をする。どっちでもいいのに。

「あとね――」

理乃はがさごそと取り出したスマートフォンをいじり始めた。

「じゃあん！　踊り手デビューしてみましたぁ！」

「へえ」

スマートフォンにはニコ動の画面が表示されている。なにかのアニメの制服のような、紫がかったセーラー服。裾《すそ》に白いストライプの入ったミニスカートからはオーバーニーソックスをまとった脚が伸びている。マスクをかけて顔の半分くらいは隠れているものの、目元の二連泣きぼくろは確かに理乃だ。動きに合わせて赤いリボンも踊る。

「前に見たときよりもキレッキレじゃない？」

流れてくるコメントも圧倒的に好意的なものが多い。そう言うと理乃は「てへへ」と笑った。

「オープンなところで活動した方が安全かな、と思って。これで知名度が上がればオーディションとかでも有利かもしれないしね」

「なるほどね。でも住所割れとかには気をつけてね」

「うん、ありがと」

理乃の笑顔を見ながら、俺は自分がほんとに父親のようなことを言ってるなあ、と心の中で苦笑した。

自分の夢に向かって少しずつ、少しずつ、理乃は前に進んでいく。

でも、俺はどうなんだろうか。俺がしたいことってなんなんだろうか。

2

その日の放課後。俺はマト先輩の住む再訪荘に向かった。

再訪荘は台風による倒壊の危機を辛くも乗り越えたようだった。

ギシギシと音を立てながら階段を上がり、マト先輩の部屋のドアをノックするが返事はなかった。ドアノブはロックされている。在宅中かどうかを確認しようと、ドアノブに力を入れて上に上げるとカチン、と音を立ててロックが外れた。

まじかよ、開いちゃったよ。

俺は迷いながらもドアを開けた。開いてしまったものは仕方ない。

部屋は前にも増してがらん、としていた。何が変わったのだろう、と見回してみると衣装ケースがなくなっていて、その代わりに真新しいスーツケースが一つ、ぽつんと置かれていた。

無性に嫌な予感がした。

そもそもスーツケースがあるのはなぜだ。旅行に行った？　今日帰ってきたのでもない限り、片付けは終わってるだろう。もう新学期が始まって三日が経つし、行くなら夏休み中に行くはずだ。親のところに行った？　親の都合で八月中は時間がとれなかった、ということはあるかもしれない。

でも、それだと衣装ケースがなくなっていることの説明がつかない。スーツケースを軽く動かしてみる。中身は入っているようだ。これは衣装ケースの中身をスーツケースに移した、と考えるのが自然だろう。

引っ越し？　このあばら家なら引っ越しを考えてもおかしくない。むしろ取り壊しまである。でも、引っ越しなら衣装ケースのままで運べばいい。

俺は踵《きびす》を返して急な階段を転がるように駆け下りた。

3

「あらあらまああ、お久しぶりね、祐くん」

あしたば園の園長先生を訪ねた俺は、挨拶《あいさつ》もそこそこに切り出した。

「あのっ、ちょっと俺、訊きたいことがあって」

「まあまあ、ここで立ち話もなんだし、お上がりなさいな」

園長先生が招く手の下をするりと抜けるように男の子が走り出してきた。

「あー、マトねえちゃんのおとこだー」

「だっ、誰がおとこだ！」

俺は抗議したけれど、子供はそんなこと聞いちゃいない。

「ねえねえ、エアコンあるよエアコン！　エアコン当たっていきなよ、涼しいぜ」

「あらあらもうもう、そんな恥ずかしいこと言わないの。さ、どうぞ祐くん」

俺は勧められるままに玄関を上がった。

通されたダイニングには見るからに新品のエアコンが取り付けられていた。どうだすげぇだろ、と自慢する子供に「そうだね、涼しいね」と同意する。

「うちで育った子がね、お土産だって付けてくれたのよ。可笑《おか》しいわよね、エアコンがお土産だなんて」

「鴻上──さん、ですか？」

麦茶を手に戻ってきた園長先生に、思い当たる名前を訊く。

「あらあら、私ったらお話ししてたかしら──立派になってねえ」

園長先生は感慨深げに目を細める。

「あの、マト先輩、ずっと休んでるんですけど、なにか聞いてますか？」

「パスポートとか、ビザ取ったりとか、いろいろ渡航の準備が大変なんですってね」

「渡航って……なんのことですか？」

想定外の言葉に、咄嗟《とっさ》に意味を咀嚼《そしゃく》できない。園長先生ははっとしたような顔をする。

「祐くん、マトちゃんから聞いてないの？」

「──なにも」

「ごめんなさい、私、マトちゃんが祐くんに相談する、て言ってたからてっきり──」

園長先生は手で口もとを隠して目を伏せた。

「そんな相談されてません！　どういうことなんです？　渡航するって、どこにですか？　いつ？　なんのために？」

「ちょ、ちょっと落ち着いて、祐くん」

「俺は落ち着いてます！」

　俺の声に驚いた子供たちが「けんかはよくないんだぞー」と駆け寄ってきた。

「——すいません」

「ごめんなさい、私の方こそ。みんな、先生がちょっと間違っちゃっただけだから」

「先生、としなんだからさー、まちがうこともあるって、な、にいちゃん」

「いや、俺が悪かったんだ、すいません、先生」

　俺はぐわんぐわん揺れる頭を下げた。体が熱い。なにがどうなっている？

「マトちゃんね、コーちゃん——鴻上くんとアメリカに行くんですって」

「アメリカに？　旅行ですか」

　園長先生は首を横に振る。分かってるくせに、俺はそんなことを訊《き》いている。

「学校辞めて就職するんですって、コーちゃんの会社に」

「会社って——鴻上、さんはうちの高校の先生ですよ。非常勤かもしれないけど」

　俺の言葉に園長先生はまた、首を横に振った。

「マトちゃんの学生姿を見たかったから、滞在してる間だけの短期の非常勤講師に応募したって言ってたわ。あちらでは二ヶ月くらい休みを取れるんですってね。なのに、マトちゃんたらずっと学校休んでて――あの子も恥ずかしがり屋だから」

マト先輩が恥ずかしがり屋？

あの、台風の夜のことがフラッシュバックする。鴻上に綺麗《きれい》になった、と言われて恥ずかしそうに俯《うつむ》いたマト先輩の表情。それは、俺に見せたことのない恥じらいだった。

俺のこと、好きだったんじゃなかったのか？　それとも、天秤《てんびん》にかけていたとでも言うのか。俺はまたこみ上げてくるむかつきを抑えながら訊いた。

「鴻上さんの会社ってどんな会社なんですか？」

「えっと、コンピュータの会社なんですけどねえ、横文字は覚えにくくって。たしか、ゼロなんとかって言ってたかしら」

「ゼロ……ゼロックスとか？」

「うーん、そんなような、違ったような。政府とも取引がある、その業界では一番大きな会社なんですって。ええっと、ちょっと待ってね」

そう言うと園長先生は台所に姿を消した。

たしか、ゼロックスはコピー機の会社だったはずだ。でも、コンピュータを手がけていてもおかしくないような気もする。

「んーと、ゼロ……リウム？　ていうのかしら」

園長先生は老眼鏡を鼻に乗せて戻ってきた。手には数枚の書類がある。契約書らしいその紙には確かに「ゼロリウム」という文字があった。

俺は手にした麦茶を一気に飲み干し、椅子に腰掛けたばかりの園長先生に話しかけた。

「すいません、もう一杯もらえませんか？」

「あらあら……ちょっと待っててね。よっこらしょっと」

園長先生は大儀そうに背もたれに手をかけてから立ち上がった。

(ごめんなさい、園長先生)

俺は心の中で謝ると、素早くテーブルの上の契約書をスマートフォンで撮影した。

「それにしても、鴻上さんもマト先輩の学生姿を見たいから講師になるなんて……」

戻ってきた園長先生は、慈しむような目で自分の手をさすった。

「コーちゃんも悩んだんでしょうね。マトちゃんの学生生活を終わらせるんですから」

そうか——そうなんだ。

俺はマト先輩が今、選ぼうとしている道のことを初めて実感できたような気がした。マト先輩はもう、学生ではなくなって、社会人になる——それはアメリカよりもずっと距離があることのような気がした。

4

園長先生に失礼を詫《わ》び、あしたば園を後にした俺は再訪荘の前でスマートフォンをいじっていた。先ほど撮影した写真を拡大して見ると、それはやはり雇用契約書のようだった。ただ、契約先はアンジェリカ・セキュリティ・リサーチ社、CEOは鴻上になっている。

契約書は皆そうなのか、どうにも意図が摑《つか》みづらい。四苦八苦してようやく分かったことはアンジェリカ・セキュリティ・リサーチ社はゼロリウムの専属リサーチャとしてマト先輩を雇用する、ということらしい。そして契約金として一千万ドル支払う、もし、契約を破棄する場合は契約金全額を返金する、契約金は仮想通貨で支払う、ということだった。最後に連帯保証人として園長先生の名前と捺印《なついん》があった。

——一千万ドル？

日本円にして十億以上だ。

先輩にそれほどの価値があるというのか。いくら鴻上が先輩の幼なじみだと言っても、身内びいきだけでこれほどの額を動かすことはできないだろう。だとしたら、これは先輩のバグバウンティハンターとしての価値ということになる。

マト先輩はバグバウンティハンターとしていったいどれくらい稼いでたんだろうか。「コロモガワ・マト」で検索してみるとすぐに記事が見つかった。その記事は各社から公表されている賞金を合計すると、コロモガワ・マトは年間八百万くらい脆弱性《ぜいじゃくせい》発見で稼いだことになる、と伝えていた。年収八百万というのはどうなんだろう。もちろん、俺にとってはすごい額だけれど、社会人としてその額が多いのか少ないのか、今一つピンと来ない。

それでも、十億円の契約金が桁外《けたはず》れだということは俺にも分かる。それだけの契約金をポン、と出すことのできるアンジェリカ・セキュリティ・リサーチ社——そしてゼロリウムという企業はいったい何者なんだろうか。

アンジェリカ・セキュリティ・リサーチ社のサイトは見つからなかったものの、ゼロリウムの企業情報ページは簡単に見つかった。トップページには深紫色で「We are Zerorium. We pay BIG bounties, not bug bounties」と書かれている。

——我々はゼロリウムです。我々はバグ代《バグダイ》ではなく、莫大《バクダイ》な報奨金を支払います。

やはりバグバウンティハンターとしての腕を買われたということか。同じ賞金をくれるなら、たくさん出してくれるところに行くのは自然なことだろう。

いや、ちょっと待てよ？　俺はマト先輩の言葉を思い出す。

――報奨金制度のある会社だと、そこの製品とかサービスの脆弱性を見つけて報告するとお金がもらえるの。

そうだ、報奨金はその製品やサービスを提供している会社が出すんだ。だから、どっちの賞金が高い、とかそういうことはありえないはずだ。

ゼロリウムのサイトの「Read More」ボタンをタップすると、英文ばかりがつらつらと表示された。スクロールさせていくと周期表のような賞金額テーブルが現れた。もっとも高額な賞金が設定されているのは「iPhone を遠隔操作で脱獄させる（ユーザ操作なし）」の一五〇万ドルだった。

iPhone の脆弱性ならアップルが報奨金を出すはずだ。ということは、ゼロリウムはバグバウンティハンターやリサーチャから脆弱性の報告を受けて報奨金を支払い、その一方でアップルなどのベンダにその脆弱性を報告してより多くの報奨金を受け取る――そういうビジネスなのだろうか。ベンダに直接報告する以上のメリットがなければ利用する価値はなさそうだけど――。

「祐……?」

自分の名を呼ぶ声に我に返って振り向く。

そこには頭に乗せたストローハットを押さえ、ぱっちりとした瞳《ひとみ》で驚いたような表情を浮かべた美少女がいた。品のいいワンピースチュニックからアンクル丈のスキニージーンズが伸びている。

頰のチークに合わせ、オレンジがかった紅色が唇を彩り、長い睫毛《まつげ》はいつもの二割増しくらいにその美貌《びぼう》を際立たせている——少し痩《や》せた、俺の知らないマト先輩だった。

5

「久しぶりね、祐」

「あ、ああ。そうですね。ひと月ぶりくらいですか」

俺もマト先輩も、視線を落として言葉が続かない。聞きたいことも、言いたいこともあったのに、なにから切り出せばいいのかわからなかった。

俺は告白して以来、チャットツールのメッセージはすべて既読スルーしていたし、一度もマト先輩に会うことはなかった。その間、マト先輩がどう過ごしていたのかは知らない。

きっと鴻上には何度も会っているんだろう。本当は俺が一緒に過ごすはずだったのに。

「なんか、雰囲気変わりましたね」

「うん……ちょっと、ね」

ちょっとどころじゃない。元々艶《つや》やかな長い銀髪はシャギーを入れたのか、軽やかに首筋で揺れている。それに——艶やかなメイクは学校で見る先輩よりもずっと大人びていて、俺は嫌でもその事実を思い知らされる。

これは、鴻上の隣に立つためのメイクなんだ。

「化粧……するようになったんですね」

「……別にそういうわけじゃないわ」

マト先輩は言い訳をするように言う。

「今日はその、パスポートの写真を撮るのに美容院に行ってきただけ」

「鴻上先生に勧められたとか？」

マト先輩は答えない。肯定と同じ意味の沈黙が流れる。

「鴻上せ——鴻上さんの会社に行くんだそうですね」

「……うん」

ぼそりとしたマト先輩の声が心を抉《えぐ》る。マト先輩は俺のいる学校を出て鴻上の会社に行く――それだけでもヒットポイントはほとんどゼロなのに、垢抜《あかぬ》けた容貌《ようぼう》で、俺を気遣うように口ごもる様子が耐えられなかった。

俺は唇を噛《か》みしめて、溢《あふ》れてきそうな言葉を必死に堪《こら》えた。今、口を開いたらきっと、俺は酷いことを言ってしまう。感情の向くままに、ただ、マト先輩を傷つけてしまう。

でも、言わずにはいられなかった。

「なんで、相談してくれなかったんですか」

「……しようとして、何度もメッセージを送ったわ」

俺は黙り込んだ。マト先輩の相談を既読スルーして無視したのは俺の方だ。

「今までいっぱい告白はされたけど、全然なんとも感じなかった。でも、祐に告白されたときはほんとに嬉《うれ》しかった。嬉しかったけど――でもすごく怖かった」

「怖いって……なにがですか」

「だって、祐に今よりももっと近づいたら、今は気づいていない私のいろんなところが見えちゃうのよ。私のクセや考え方、言い方、食べ方――もしかしたら、その中には祐がすごく嫌いで我慢できないようなものがあるかもしれない。祐に嫌われたら、私、私――」

意外だった。

人に嫌われることなんか気にもしていないようなマト先輩が、そんなに俺に嫌われることに怯《おび》えていたなんて。

「人を好きになるってすごく怖いことなんだって、初めて知ったわ。だからあの時、はいって言えなかった。結局、それが原因で嫌われるなんて皮肉ね。返事のこないメッセージを見るのも耐えられなくなって、それで」

マト先輩は肩をすくめ、ハの字眉《まゆ》で自嘲《じちょう》気味に笑った。

「だから、決めたの。もともとコーコーと一緒に働くために勉強してたんだし、逆に日本に未練がなくなってよかったと思おうって」

「ち、違う。そうじゃないんです。その、俺はマト先輩に振られたと思って、それで――それで、俺もマト先輩に会うのが怖くて、既読スルーしてたんです。ごめんなさい」

マト先輩ははっとしたように両手で口を覆った。

「じゃあ、祐は私のことを嫌いになったんじゃないの？」

「当然です。俺の意気地がないせいで嫌な思いをさせて、ごめんなさい」

「……よかった。じゃあ……」

マト先輩は瞳に涙を浮かべて言う。

「向こう《アメリカ》に行ってもメッセージ送っていい？」

6

誤解はとけたはずなのに、なんで、アメリカに行かなきゃいけないんだ。

そう俺が訊《き》くと、マト先輩は「ちょっと場所を変えよっか」と公園にやってきた。

プールそばの木立の中にあるベンチに座る。ふた月前には水着のマト先輩と並んで座ったベンチだったけど、蟬の声はひぐらしに変わっていた。

「コーコー……鴻上さんは小学生の私にコンピュータの手ほどきをしてくれたの。その頃はなにをしているのかは知らなかったけど、近所の開発会社で働いていたのね」

俺は田村のことを思い出した。鴻上が働いていた開発会社の社長だった田村は、俺たちの学校のネットワークを悪用し、数万人分のクレジットカードを窃取しようとして逮捕された。

「そのうち、鴻上さんは自分にしかできないことにチャレンジしたい、と言って海外に行ったのよ。最初はシアトル、それからラスベガス、フランス・モンペリエ、そして今はワシントンDCのサイバーセキュリティ会社で働いてる」

「それがアンジェリカ・セキュリティ・リサーチ社ですか」

マト先輩はこくん、とうなずく。

「私はいつか一緒に働きたくて、それでバグバウンティハンターを始めたの。もしかしたら鴻上さんの目に留まるかも、と思っていつも実名で報告したわ」

「それで夢が叶《かな》ったわけですね」

「あ、マトねえちゃんとそのおとこだ！」

「誰がおとこだっ！」

突然割り込んできた子供の声に反射的に答える。見るとあしたば園の子供たちだった。小学二、三年生くらいだろうか。やんちゃそうな男の子と、面倒見よさげな女の子で買い物帰りのようだった。男の子の方はベンチの後ろから、俺とマト先輩の間にぐいっと上半身を割り込ませてきた。

「今日、このにいちゃん、あしたば園に来てたんだぜ」

男の子は俺の顔を指さしてマト先輩に言う。

「そうなんだ、へえ」

「にいちゃん、マトねえちゃんがアメリカに行くってこと知らなくてさ、『俺は落ち着いてます！』って大声だしてまじびびったぜ」

「よく聞いてんな、お前……」

俺は頭を掻《か》いた。マト先輩は「そう……」と、こちらもなんとなく気まずそうな反応。

しかし、男の子はまったく気にすることなくグイグイきた。

「マトねえちゃんとコーコーの会社ってなにする会社なんだ？」

「んーと、セキュリティの会社。セキュリティって分かるかな？」

「わかんない！　なにそれ」

元気だけはいい。マト先輩はちょっと考えてから言った。

「セキュリティってのはね、悪い人から大事なものを守ることよ」

「じゃあマトねえちゃんの会社は悪い人と戦ってるんだね！　すげぇかっけぇ！」

そうか。マト先輩の仕事は「悪い人からみんなを守る正義の味方」ってわけだ。たしかにそうかもしれない。俺は微笑ましい気持ちでマト先輩を見た。

なぜか、マト先輩の表情は凍り付いていた。

7

「じゃあね、マトねえちゃん！」

子供たちが手を振りながらあしたば園に帰って行く。マト先輩はそれを柔らかな笑顔で見送っていた。

気がつけば俺の気持ちもずいぶんと落ち着いていた。日は落ちても、あたりは残照でほの明るい。まだ残暑きびしい九月なのに、すっかり日焼けが抜けたマト先輩の白い首筋がひときわ映えていた。

「マト先輩――ゼロリウムは正義なんですか？」

俺は引っかかっていたことを訊《たず》ねた。マト先輩は一瞬、ぴくん、と肩を強《こわ》ばらせたかと思うと、長いことそのまま動かなかった。

「……警官が持ってる拳銃《けんじゅう》が正義だと言うなら」

ようやく絞り出すように口にした歯切れの悪い言葉。

パパッ、と辺りの街灯が灯《とも》る。それでようやく、暗闇が静かに周りの景色を飲み込んでいたことに気づいた。マト先輩の横顔が湛《たた》える沈痛な表情も露《あら》わになる。

「ゼロリウムは莫大《ばくだい》な報奨金の原資をどこから調達してるんですか？」

「――あそこは普通の会社よ。仕入れて、加工して、それを売って稼ぐ。それだけ」

「iPhone の脆弱《ぜいじゃく》性を仕入れて、奴らは誰に売ってるんですか」

「国防総省《ペンタゴン》、国家安全保障局《NSA》、中央情報局《CIA》……まっとうな政府機関よ」

その組織自体がまっとうだとしても、大金を出してよその製品の脆弱性を仕入れることがまっとうであるわけがない。それに、どれも幾多の陰謀論に登場するいわく付きの組織ばかりだ。

「正直、不安はあるけど、大丈夫よ。鴻上さんと働くのは夢だったから」

「だったらどうして……マト先輩は泣いてるんですか」

「泣いてなんか……」

俺はマト先輩の頬に手を伸ばして涙をぬぐう。マト先輩は俺の手を両手で包み込むと、額をつけて目を閉じた。

8

翌日の放課後。

生活指導室のドアをノックすると、中から「どうぞ」という声が聞こえてきた。

「やあ、鷹野《たかの》クン。どうしたんだい、急に呼び出して」

窓のそばに立っていた鴻上が振り返った。洗練された柔らかな物腰は、まるで生まれたときから身につけていたかのような自然さだ。俺はぺこりと頭を下げながら部屋に入った。

「わざわざ部屋をとってもらってすいません」

「どうせ、人には聞かれたくない話なんだろ？」

さすがに頭の回転が速い。

「あんたの会社の取引先——ゼロリウムという脆弱性リサーチ会社のことを調べさせてもらった。脆弱性リサーチ会社っていうのは製品の脆弱性を発見して、それを開発元に報告して収入を得るものだと思っていた。でもそうじゃなかった。ゼロリウムは発見した脆弱性を、その脆弱性を使って攻撃を仕掛けようとする連中に売ってるんだ」

「彼らは客を選んでいるよ。政府筋のほんのわずかな顧客だけだ」

「否定はしないんだな」

「ゼロリウムから脆弱性を買った連中が、それでなにをしようとしているのかは我々のあずかり知らぬところさ。だから、ゼロリウムは信頼できるわずかな相手としか取引をしないし、僕はゼロリウムにしか脆弱性を卸さない。それが我々のとるべき責任ある行動だ」

「サイバー軍需産業の最大手としての責任、というわけか」

「軍需産業は合法だ」

鴻上は「それにね」と続ける。

「日本でもっとも稼いでいるバグバウンティハンターに登りつめても、たかだか年に七万ドル程度。マトは風呂《ふろ》なしトイレ共用の下宿屋に住んで、いろんなことを我慢して節約して、それでもあしたば園の建て替え費用を捻出《ねんしゅつ》できずにいる。力なき正義は無力だ」

「そのために多くの人を犠牲にするのか」

「どこにも犠牲者なんていないさ。今や軍事力は平和のために使われているんだ」

「政府御用達《ごようたし》の脆弱性が悪用されて全世界に被害を与えた事件なんて、いっぱいある」

付け焼き刃だけど、俺は一晩かけてサイバー軍需産業のことを調べた。全世界に混乱を巻き起こしたマルウェアが、実は某国のサイバー兵器をベースにしたものだった、という事件は一つや二つではなかった。だが、鴻上はまるで予想していたかのように受け流す。

「それはマトが報告した脆弱性だってそうだろう？　ベンダがいくら対応しても、その修正を反映させせない人はごまんといる。既知の攻撃手法が成功するマシンは多い」

「でも、ベンダが対策していない脆弱性なら成功率は百パーセントだ。危険性が違う」

「確かに僕らが扱っているゼロデイ・エクスプロイト——未対策の実証コードは飛行機事故のようなものだ。一度悪用されれば被害は大きい。けれど、バグバウンティハンターが見つける脆弱性だって交通事故のようなものだろう？　一回での被害は小さくても件数が多い。トータルではゼロデイ・エクスプロイトの比較にならない被害額になる」

「そうやって——自分を納得させてきたんだな」

初めて鴻上が言葉に詰まった。すぐにそのことを恥じるように表情が弛緩《しかん》する。

「鴻上さん──あんた、それをマト先輩にも押しつける気なのか？　自分は間違っていない、正しいことをするためなんだ、と唱えながらの人生を送らせて平気なのか？」

「……」

「マト先輩の学生生活を終わらせた結果がそれなのか」

鴻上は目を伏せ、はぁ、と大きなため息をついた。

「一億四千万ドル──これがなんの数字か分かるか？」

日本円にして百五十億くらいだろうか。俺が答えられずにいると鴻上は静かに言った。

「マトによってうちが被害を受けた金額だ。ゼロデイ・エクスプロイトは未発見の脆弱性──いくらセキュリティを強固にしていても防げないからこそ意味がある。それが公開され、認知され、対策されたらなんの価値もなくなる」

つまり、マト先輩は八百万の報酬で百五十億のサイバー兵器を潰《つぶ》してきたということだ。

だったら、営利企業であるゼロリウムがどう動くかは俺にも想像がつく。

「マトが僕の目に留まるように実名を使っていたことは知っている。それが今回のスカウトにつながったのも事実だ。でも実情は鷹野クンが考えているものとはちょっと違う。僕のミッションは『マトを引き入れろ、できなければ消せ』だったんだよ」

ぞくり、と背筋に冷たいものが走った。鴻上の目は笑ってなかった。

「おっと、『消す』って言っても社会的に、って意味だよ。うちとしてはマトがコンピュータに触らなければそれでもいい。叩《たた》けばいくらでもほこりが出てくる身だろ？」

ごくり、と喉《のど》が鳴る。冷や汗が背中を流れていった。

「それに——日夜脆弱性発見に明け暮れ、友達もいない、女子高生らしいおしゃれも、遊びもできない今の生活がそんなに大事かい？」

言葉に詰まる。確かに、マト先輩の生活はストイックすぎる。

俺とただ、一緒に帰るだけで、たったそれだけであんなに嬉《うれ》しそうだったマト先輩の姿が思い出される。だったら俺が、俺がマト先輩と二人で、これから大事な時間を作ればいいじゃないか。

口を開きかけた俺に鴻上が言い放つ。

「マトが本当に鷹野クンを必要としていたとき、君はなにをしていた」

「……」

「相談しようとしてもなにも動こうとしなかった君に、マトがどれだけ憔悴《しょうすい》していたか分かるか？」

言葉が出なかった。

黙り込んだ俺にとどめを刺すように鴻上が口を開く。

「それにマトは行くと言うさ。あの子はもらったものには必ず対価を返す」

「もらったもの……？　まさか！」

「ここに来る前に、契約金の一千万ドルをマトのウォレットに入金した」

「……」

「確認してみてごらんよ！　マト」

　鴻上が声を上げる。気づいていたのか。

　俺は諦《あきら》めて胸ポケットのスマートフォンを取り出して、テーブルに置いた。画面には「衣川《ころもがわ》マト　通話中」の表示が出ている。

「マト先輩、ミュートを解除しました」

『……確かに、一千万ドル分のビターコインが入金されてるわ』

　仮想通貨だろうか。聞いたことのない名前だった。

『ダークウェブだけで使われている仮想通貨よ』

「返金はできないんですか？」

『送金元のウォレットはもう破棄されてる。コーコー、有効なウォレットを教えて――』

「くれるわけないよな」

「さっき破棄したもの以外、持ってないからね」

鴻上はわざとらしく肩をすくめた。

「じゃあ、いったん他の通貨に換金したらどうだ？」

『これだけの金額、いっぺんに換金するとレートに影響を与えるわ。差額を持ち出しで充当するにしても下手すれば十万ドルくらいは必要になるかも』

「くそっ……」

「もし、契約を破棄するんならきちんと手続きを踏んでくれよ、鷹野クン」

鴻上はドアに向かって歩きながら話しかけた。

「世の中にはもっといろんな理不尽や暴力が渦巻いている。この程度の壁、乗り越えられなければ正義なんて執行できないさ。力なき正義は無力だ——鍵《かぎ》は職員室に返しておいてくれよ」

そう言い残すと鴻上は手を挙げて部屋を出て行った。

『ごめん、祐。私のミスだわ。マルウェア as a Service をやっていたときのウォレットが生きてた』

「今さら言っても仕方ないです。どうすればいいか考えましょう、マト先輩——」

返事はなかった。俺はスピーカ通話を切ってスマートフォンを耳に当てた。

それでもなにも聞こえなかった。

「マト先輩？」

『もういいわ』

ようやく聞こえた声は不自然に明るかった。

『祐が変なこと言うから、ちょっと迷っただけ。あの契約金があれば、あしたば園の建て替えも余裕でできるし、契約だってたったの三年だもの』

「マト先輩――」

『三年経ったら帰ってくるわ。そのときは――会ってくれる？』

言葉が出なかった。三年間、会えないこと前提の言葉に肯定なんてできるわけがない。

『その頃には祐も大学生か。もしかしたら西村《にしむら》さんと付き合ってたりしてね』

「そんなことあるわけないですよ」

長い沈黙のあと、嗚咽《おえつ》のような音に紛れてかすれた声が聞こえてきた。

『でもやっぱり、もうちょっとだけ……と一緒にいたかったかな……』

言葉は途切れ途切れで聞き取れない。声をかけようとしたけれど、うまい言葉が見つからなかった。

「俺が……俺がなんとかします」

なんの意味もない、あやふやな言葉しか出てこない。

『ううん。また、祐に助けられるわけにもいかないもの』

「俺はなにもしてないですよ……なにも助けてあげられてない」

『そんなことないわ。もう十分』

力なき正義は無力——本当にそうだ。俺には力がない。仮想通貨なんて、ニュースで見聞きする範囲でしか知らない。だから、マト先輩のことも助けられない。試験問題漏洩《ろうえい》事件だって、通販サイト詐欺事件だって、俺ができたことはほんの一部だ。誰かに助けてもらわなきゃ、誰かを助けることもできない、弱い存在でしかない。

自分の不甲斐《ふがい》なさに頭を抱える。俺一人じゃなにもできないのかよ……。


待てよ。


なんで、俺は一人でやろうとしてるんだ？

確かに、俺はマト先輩や亜弥《あや》に助けてもらって事件を解決した。だったら、今回も同じようにやるだけじゃないか。

俺は、マト先輩に格好いいところを見せようとして、無理して鴻上と張り合おうとしていただけじゃないか？　格好つけて戦わずに黄昏《たそが》れるくらいなら、頭下げて、助けてもらってでもなんでもいい。見てくれなんか気にしてる場合じゃない。マト先輩が、あしたば園の子供たちに胸を張っていられるように泥臭く足掻《あが》けばいいじゃないか。

俺は生活指導室を飛び出して部室棟に向かった。

9

「――と、いうわけだ。二人の力を貸してほしい」

コンピュータ部の部室で、俺は理乃と亜弥を前に状況をかいつまんで説明した。マト先輩は居心地悪そうに俺の隣に立っている。

俺が深々と頭を下げると、マト先輩は付け加えるように言った。

「無理にとは言わないわ。単価百五十万人月、夜間五割増しの人工《にんく》計算で対価は払うから――」

「対価はなしだ」

マト先輩の呪文のような言葉を遮る。

「実際にかかった費用分だけでいい」

「でも、それじゃみんながやる理由がないわ」

「確かにないなあ」

そう言ったのは理乃だった。

マト先輩ははっとしたような顔で理乃を見て、そして切なそうに俯《うつむ》いた。理乃は両手を背で組むと、ツインテールを揺らしながらマト先輩に近づく。

「だって、マトっち先輩はもう腹ン中では鴻上先生のところに行くつもりだよ、祐」

驚いてマト先輩を振り返ると、痛いところを突かれたかのように、強《こわ》ばった表情で床を見つめていた。理乃はほらね、と続けた。

「マトっち先輩は自分のために祐が一生懸命になっているのを見て、『私って愛されてるぅ』なんて悦に入ってるだけよ」

「おい理乃」

なんてことを言うんだ、こいつは。けれども、

「そんなこと……」

異を唱えようとするマト先輩の声が途中で消える。

「素人《しろうと》の祐がどうにかなんてできないって、マトっち先輩にはもうとっくに分かってる。祐はマトっち先輩にとって『ボクが悪者から守ってあげまちゅ』なんて言ってるちっちゃい子みたいなもんなんだよ。それに付き合ってこんな茶番をやってるだけ。そんなことに

あたしまで巻き込まないで。お金をもらったってごめんだわ」

味方になってくれる、と信じて疑わなかった理乃の思わぬ反撃に言葉が出ない。

「あたしは協力するぞー、タカノー」

亜弥が空気を読まない、間延びした言葉で言う。

「コロモガワ・マト先輩の海外流出は断固阻止すべきだからなー。それに、コロモガワ・マト先輩が鴻上先生のことを好きなら、別に日本にいてもなんも問題ないー」

後半の意味はよく分からなかったけど。

「そうだ、代わりに西村氏がアメリカに行くのはどうだー？　一石二鳥だー」

「頭沸いてんの、あんた」

理乃が亜弥を睨《にら》む。

「そうね……西村さんの言うとおり、祐がなんとかできるとは思っていないわ」

俺はマト先輩を振り向いた。信じられなかった。

「だから、このことはなかったことにして。ごめんなさい」

「ちょっ、マト先輩！」

マト先輩はさっと踵《きびす》を返すと部室を飛び出した。俺は慌ててその後を追った。

「マト先輩！　ちょっと待って！　待てって！」

廊下で追いつき、マト先輩の肩を摑《つか》んで振り向かせる。銀髪が舞って、こぼれた涙が散った。

「なにもしないうちから諦めるのは早いですよ。なんとかできるかもしれないじゃないですか」

「無理よ。コーコーがそんな、素人がどうこうできるような弱点を放っておくはずがないわ」

「分かんないですよ。やってみなきゃ」

「失敗したらどうするの？」

「そんときは……そんときです」

「じゃあ『俺が失敗したせいでマトはアメリカに行った』なんて思わないでくれる？」

「それは……」

無理だ。そんなこと、思わずにいられるはずがない。

マト先輩は言葉を失った俺の頰にそっと触れると、涙の浮かんだ瞳《ひとみ》で微笑んだ。

「失敗したときに、祐はきっと自分を責める——分かってたけど、祐の言葉が嬉《うれ》しくて、ほんとに嬉しくて甘えちゃった……ごめんね」

「いいじゃないですか。もし失敗しても、それは俺の責任です。俺が落ち込むくらい、どうってことないです。こう見えても立ち直り早いんですよ」

空元気で笑って力こぶを作ってみせる。マト先輩は悲しげに笑って首を振った。

「嘘ばっかり。だって十年も落ち込んでたじゃない」

いったい何のことだ？

マト先輩は姿勢を正して、まっすぐに俺の顔を見るとゆっくり語り始めた。

「私の両親はクズだったわ。二人とも、何代　遡《さかのぼ》ったって生粋の日本人なのに、私の黒かった髪と瞳の色は成長するにつれて少しずつ変わっていった。父は母の不貞を確信するようになっていったし、母もそのことになるとヒステリーを起こすようになったわ。虐待は日常茶飯事、学校なんてもちろん行ってなかった。出かけるのは郊外型のスーパーに行くときだけ。そのときだけはいつも家族みんなで出かけてた――万引きをするために」

衝撃の告白に俺は息を呑《の》んだ。

「私はいっぱいに商品を載せたカートを店外に持ち出す役だった。失敗して見つかったときに両親が私だけを残して逃げるためにね。でもそれはまだ良かった。最悪だったのは親が逃げ損ねたとき。私は手癖の悪い子供として、店員たちが『それくらいで……』と言い出すまで、親に何度もぶたれた」

まさか。

「私はそれが普通だと思ってた。失敗したから怒られる、そんなのどこの家庭でもあることだと思ってた。でも、そんなある日、失敗して店員の前でぶたれている私の前に現れた男の子がいたの。自分のことを名探偵だと名乗って私の前に立ちはだかると、万引きを指示したのはお前だ、と父を指さしたわ。その直後に警察が来て、大騒ぎになった」

　まさかまさか。

「いったん警察の手が入ってしまえば、すべてが明らかになるのは早かったわ。両親は逮捕され、私は児童養護施設に送られた。施設で生活をしていくうちに、少しずつ自分の家庭が異常だったことが理解できるようになった。でも、私はそんな地獄から助けてくれた男の子に、ひどいことをしたの」

　そんな。まさか。

「入所してすぐの頃だったわ。施設近くの公園でその男の子の姿を見かけたの。まだなにも分かってなかった私はその子のことを親の仇《かたき》だと思ってた。『お父さん、お母さんを返して！』って詰め寄ったわ。ほんとは、いくら言っても言い足りないくらいの恩があるのに——だから……今まで言い出せなくてごめんなさい」

　マト先輩は深々と頭を下げて言った。

「私を、助けてくれてありがとう。名探偵たかのたすく」

ちょ、ちょっと待ってくれ。じゃあ、あの女の子は——マト先輩だったって言うのか？

「だからね、祐。私はもう、十分救われてるのよ。アメリカならきっと、この髪の色も、瞳の色も全然目立たないわ。英語だってすぐに覚えられる。シグナルでいつだって話もできる。遅延《レイテンシ》だって百二十ミリ秒《セック》くらいだし——だから、だからね、祐。もう祐が背負い込む必要はないの」

「あはは っ」

突然笑い出した俺をびっくりしたように見つめるマト先輩。

「俺は！　俺は、あの娘《こ》を、マト先輩の人生をめちゃくちゃになんかしてなかったんだな！」

「う、うん」

「よかった……ほんとによかった……」

目頭がかあぁっと熱くなって、涙が出そうになった。俺の、十年間の後悔が霧消した瞬間だった。しかも、それでマト先輩が救われたんだったら、こんなに嬉しいことはない。

俺は両頰をぱん、と叩《たた》き、眦《まなじり》を決して言った。

「マト先輩。もう一度だけ、俺を信じてくれませんか」

10

「勝率は今の時点で五分、決着が付くまでに俺が出し抜ければ俺たちの勝ちだ」

コンピュータ部の部室に戻った俺は、亜弥と理乃に宣言する。

「まかせろー」

いつもの間延びした様子で亜弥が手を挙げた。

「コロモガワ・マト先輩が脆弱《ぜいじやく》性を暴く側でなく、隠す側に回るなんて、考えただけで恐ろしいからなー」

「——そうだな」

マト先輩によって見つけられ、対処された脆弱性は枚挙に暇《いとま》がない。鴻上はマト先輩による被害は百五十億にもなると言っていた。今後はマト先輩によって暴かれることもなく、それどころかマト先輩によって新たな脆弱性が——サイバー兵器として見つけられることになる。

「それに——また、コンピュータ部に遊びに来てもらいたいからなー」

亜弥が照れくさそうに笑う。

「よし、じゃあマト先輩が受け取ったビターコイン、一千万ドルを返金するぞ」

俺はぱちん、と手を叩いてみんなの顔を見回した。亜弥のうなずく瞳が力強い。

マト先輩も眦を指で拭《ふ》くと、同じようにうなずいた。

理乃だけがポケットに手を突っ込んで背を向けていた。


「最初に思いつくのは銀行に組み戻し《キャンセル》を依頼することだけど」

「それは無理だなー。仮想通貨には銀行はないからなー」

「じゃあ、どうやってお金を受け渡すんだ？　直接人の財布から財布に渡すのか？」

「うん。だから仮想通貨は口座じゃなくて財布《ウオレット》って言うんだなー」

「なるほど……」

俺が感心していると、マト先輩が説明を始めた。

「仮想通貨はブロックチェーンを利用したP2Pの決済網のことよ。トランザクションリクエストはブロック単位でまとめられ、直前に決済されたブロックの持つハッシュ値を元にした、ある条件を満たす値を見つけた人によって次のブロックを――」

「亜弥、つまりどういうことだ？」

マト先輩の説明を遮って亜弥に訊《たず》ねる。

「ビターコインの決済は難しい計算の問題を解くことなんだなー。それを最初に解いたマシンに報酬を与える仕組みだから、銀行がなくてもみんなこぞって一生懸命計算するわけだー」

お、なんだか分かりそうな気がする。ふんふん、それでそれで？

「具体的に言えばブロックヘッダのハッシュ値が一定値以下になるようにナンスという値を計算するわけだけどハッシュの持つ一方向性関数の現像計算困難性によって計算量は」

「マト先輩、つまりどういうことですか？」

「諦《あきら》めなよ、タカノー。理解するしかないよー」

俺は肩をすくめるしかなかった。

11

「つまり、仮想通貨ってのは計算問題の競争ってことですか？」

「当たらずとも遠からず、ね。ある問題にみんなで取り組んで、誰か一人がそれを解いたら次の問題が出てくる。そしてまたみんなでその問題にとりかかる。その繰り返しよ」

書き込みで真っ黒になったホワイトボードの前で、俺は考え込む。

「もし、同着一位がいたらどうなるんですか？　次の問題が二つ出てくるんですか」

「そうね。みんな、どっちかの問題を解くことになるわ。そうして解いた問題の多い方がホンモノ、ということになって少ない方はなかったことにされる」

「なかったことにされる……。じゃあ、鴻上の一千万ドルもなかったことにすることができるってことですか？」

「理論上はね。実際はもう、今みんなが解いている計算問題はずーっと先に行ってるのよ。たとえば、鴻上さんの入金が問一だとしたら、今はみんな問四十とかをやってる感じね」

「じゃあ、問一からなかったことにするには、その三十九問の遅れを取り返さなきゃいけないわけですね」

「それがReOrg《巻き戻し》。成功すれば鴻上さんの送金はなかったことになるわ」

「じゃあ！」

「そう簡単じゃないぞー。こっちが三十九問解いている間にも、他の人総掛かりで問四十から先を解いているんだからなー」

　喜色を浮かべた俺に、亜弥がたしなめるように言う。

「つまり、俺たちVS俺たち以外全員の計算勝負ってことか」

「しかもハンデつきなー」

「何台もコンピュータを使うというのは？　ここにも五十台くらいはあるでしょ」

「まあそれが正攻法ね。すでに時間が経ってしまっているから、まずは表のチェーンに追いつかなきゃいけない。それにビターコインの場合は六時間を経過したブロックは確定してしまってReOrgできなくなるから、全体の過半数程度じゃ足りないと思うわ」

「何台くらい必要だと思います？　マト先輩」

「スペック次第だけど、ビターコインの規模なら二千台程度あれば」

「二千台!?」

桁《けた》が違った——しかも二つも。

「なー、クラウドを使うのはどうだー？」

亜弥が手を挙げる。

「クラウド？」

「ざっくり言うと、コンピュータの時間貸しだなー。スペックが低いものなら一時間○・五円くらいから借りられるー」

「二千台でも一時間千円か。なんだ、いけそうじゃないか」

声が弾む。クラウドすごい。

「実際にはもっとスペックの高いマシンじゃないとダメだと思うけどなー。それでも一時間五百円くらいまでかなー」

「千倍になってるんだが……」

一時間百万になったぞ、おい。クラウドこわい。

「ダークウェブのクラウドを使うわ。一千万ドル分のビターコインを突っ込む」

凛としたマト先輩の声に振り向く。

「ええっと、それって——いいんですか？」

「……正直、リスクはあるわ。けど、当事者の私が受け止めるべきだと思う」

なぜリスクという言い方をしたのかはよく分からなかったが、マト先輩の強い意志を込めた瞳《ひとみ》に俺はうなずいた。

12

マト先輩がビターコイン用アプリをダウンロードしている間に、亜弥は二千台のサーバのセットアップ準備を始めていた。膨大な作業になると思っていたけれど、「一台作ってテンプレートにしたら後はそれからマシンを作ってアンシブルでドッカーコンテナをギットで云々《うんぬん》」と、まあなんだかうまくできるらしい。

理乃は帰るわけでもなく、つまらなそうに頬杖《ほおづえ》をついてスマートフォンをいじっている。声はかけたものの、理乃になにかができるというわけでもないから別にいいけど。

それに、それを言うなら俺も同じだ。なにもできることがない俺はただ、二人の作業を見守っていた。手が必要であれば手伝いたいところだけど、今はスキルがなければなんの役にも立たなそうだった。

「ダウンロードしてきたわ。ソースコードもついてる」

「ラッキーですなー」

マト先輩の言葉に亜弥が応《こた》える。

「ソースコードがついてるとラッキーなのか？」

「今からコロモガワ・マト先輩はプログラムを書き換えなきゃいけないんだなー——表に出さずに過去のブロックから分岐したチェーンを作るためになー。ソースコードっていうのはプログラムの設計図みたいなものだから、それがなかったらものすごく大変なことになるんだなー」

今ひとつ、ピンと来ない。実際に動くプログラムがそこにあるんだから、それを直せばいいんじゃないだろうか。

「あたしはバイナリアンだからHｅｘ《ヘックス》直で読めるけど、普通は無理だろうなー。通常は設計図《ソースコード》を書き換えて、それをコンピュータにかけてプログラムを出力させるんだなー」

「そこまで変態じゃないわ。ニーモニックにまで落ちてれば読めるけど」

マト先輩は手を止めず、モニタから目を離さないまま言った。変態と言われた亜弥は
「それほどでもー」と嬉《うれ》しそうに頭を掻《か》く。君らの業界ではほめ言葉か、それ。

「OK、書き換えた。デプロイして」

「りょーかーい」

亜弥はマト先輩が書いたプログラムを受け取ると、二千台のサーバにインストールする。

「動き始めたー。表のブロックチェーン生成速度との比で二十パーセント……三十パーセント……順調に上がってきてるなー」

マト先輩への送金が発覚してからすでに二時間が経過している。俺たちのチェーンはその二時間の遅れを取り戻し、さらにその先に進まなければならない。

俺たちは亜弥のモニタに刻々と表示される速度比を見つめた。

「伸びが落ちてきたな」

「二千台すべてデプロイは完了してるー。このリソースだとここまでだなー」

「速度比で八十パーセントか……三千台に増やすか」

二千台で八十パーセントなら、三千台だと単純計算で百二十パーセント。じわじわとではあるが追いつくことができる。マト先輩が「ん」とうなずき、亜弥がコンピュータを追加する。しかし、亜弥は怪訝《けげん》そうな顔でモニタに顔を近づけた。

「あれー？　追加できないなー」

「ちょっと見せて」

モニタを覗《のぞ》き込んだマト先輩が息を呑《の》む。

「どうしました？」

俺の問いかけにも応えず、マト先輩は何度もクリックする。

「……そんなことって……」

「なにかあったんですか？」

呆然《ぼうぜん》とモニタを見つめるマト先輩の横顔に問いかける。

「リソースの上限……みたい……」

「つまり？」

「売り切れってこと」

「なんだって……」

頼みの綱だったクラウドが売り切れ……？　そんなことありうるのか。

「どうする、タカノー。このままだと追いつけないぞー」

「マト先輩、他にクラウドサービスはないんですか？　ほら、マイクロソフトとか、アマゾンとか、グーグルとか」

俺は知っている企業を羅列したけれど、マト先輩は首を横に振るだけだった。

「ビターコインで支払い可能なクラウドサービスはダークウェブにしかないわ。それ以外を使おうとしたらビターコインから換金しなきゃいけない」

俺たちがやろうとしているＲｅＯｒｇはそれまでの取引をなかったことにする。今、換金してしまったら俺たちは取引所から金を盗み出したことになってしまう。

「……やっぱりやめよう、祐」

思い詰めた表情でマト先輩が言う。

「なに言ってんですか、急に」

「すでにこのクラウドには相当額のビターコインを突っ込んでるのよ。それでＲｅＯｒｇできなかったら、ただ契約金を食い潰《つぶ》しただけにしかならない。見切りをつけるなら早いに越したことはないわ」

そうだ。俺たちはマト先輩の契約金をつぎ込んでいる。返金が失敗すれば、その費用はマト先輩が負うことになる。契約金はなし、アメリカには行かなければならないなんて最悪のシナリオじゃないか。

俺はやっとマト先輩の言った「当事者が負うリスク」の意味を理解した。

「止めるわね」

「ちょ、ちょっと待ってください。きっとまだ方法はあります」

「どんな方法？　今だって一秒ごとにどんどんビターコインは消えていってるのよ」

「えと、その……えと、亜弥！　なんか速い計算方法とかないのか？」

「そんなのがあったらみんな使ってるわよ」

マト先輩はあっさり言い切った。亜弥も申し訳なさそうにうなずく。

分かってるさ。分かってるけど、そう言わずにはいられなかった。

「いいわね？」

「でもなー、ちょっと気になることがあってなー」

亜弥がぽつりとつぶやく。

「どうした？」

「元のソースコード、コンパイルしてもあのバイナリ出てこないんだなー」

「？　どういうことだ」

言っている意味が分からず、問い返す。

「つまりなー、プログラムと一緒にあった設計図《ソースコード》はー、そのプログラムのものじゃないってことだなー」

マト先輩はモニタから目を離し、亜弥の方を振り向いた。

「コンパイラの最適化オプションは？　バージョンが違うとか」

亜弥が首を横に振る。

「そんなレベルじゃないですなー。ナンスの計算ルーチンがまるっきり違うんだなー。ほらー」

亜弥は自分のモニタを見せる。そこには数字とアルファベットが二個ずつずらりと並んでいた。これで分かるなんてすげぇな、と思ったらマト先輩があっさり「分かるか」とつぶやいた。

「なんで、ソースコードが違うんでしょうか」

「単なるミスか、それとも……」

「本当はソースコードを付けたくないんじゃないですか？　だからわざと違うソースコードを付けたとか」

「でもなータカノ。このソースコードでコンパイルしてもきちんと動くんだなー」

計算ルーチンが違うのに、きちんと動く——同じ答えが出る。ならば違いはなんだ。

「……どっちが速い？」

「あー？」

「そのソースコードから作ったプログラムと、最初っから入ってたプログラム、どちらが計算が速い？」

「試してみるー」

亜弥がキーを叩《たた》き、プログラムを実行させる。

「ソースコードから作ったものは二〇〇h／s《ハッシュパーセク》くらいだなー。最初っから入ってたものは……二、〇〇〇h／s!?」

「え？」

驚いたようにマト先輩が立ち上がる。

「どういうことなの？」

「つまり、このプログラムは『速い計算方法』を使っているってことですよ。俺たちが二千台のマシンで動かしているプログラムはその十分の一の速度しか出ない、『遅い計算方法』のものってことになります」

「そんな……でもなんのために」

「よく分かんないですけど、『足かせ』なんじゃないですか？　このプログラムを使う限りはまともな速度で動く、でも、それを改造したり、俺たちのように大量のコンピュータで動かそうとすると遅くなる。そういう『足かせ』をつけておいて、自分たちだけが高速に動かせば儲《もう》けられる。ダークウェブならありえるんじゃないですか」

亜弥が首を捻《ひね》る。

「でもそうだったら、このプログラム自体をクラウドで動かせばいいなー。あたしたちは改造の必要があるからいじったけどー、そうでなければそのままでいいからなー」

「いや……おそらく祐の言うとおりだわ。添付されているプログラムはウィンドウズ用しかないもの」

「クラウドでもウィンドウズは使え——あ、ライセンスかー」

「そう、ウィンドウズのような有償ライセンスのOSを使おうとすると費用が跳ね上がる。安く借りられるＬｉｎｕｘだと速度が遅くなるってわけよ」

マト先輩の言葉に亜弥がうなずいた。よく分からないけど、納得したようだ。

「ともかく、『速い計算方法』は存在するということですね。しかも俺たちの目の前に」

「でも、ソースコードはないのよ。そこからどうやって……」

「亜弥、そのプログラムを直接読むことはできるか？」

「ある程度はいけるかなー。ハッシュアルゴリズムとかは詳しくないから、どんな計算をしているかまでは分かっても、その計算がどんな意味かは分かんないなー」

「そこまでしてもらえるなら十分よ。大丈夫、暗号は得意分野だわ」

マト先輩は明るい表情でうなずいた。

「じゃあ始めましょうか。亜弥、頼む」

亜弥はすでにモニタの数字の羅列に没頭していた。マト先輩がその隣に椅子を動かし、ブツブツ呟《つぶや》く亜弥の言葉を数式に置き換えてメモをとっていく。

13

——一時間後。

亜弥によって読み解かれたプログラムはマト先輩が解析してプログラムに組み込んだ。それを二千台のマシンにインストールすると、速度比を表す数値は文字通り桁違《けたちが》いに上がった。

「速度比七六〇パーセント——この調子だと一時間足らずで追いつくなー」

「よしっ」

俺たちはハイタッチでお互いの健闘を讃《たた》え合った——俺は何もしてないけど。

一時間経って俺たちのチェーンを公開し、それまでの取引をなかったことにすればすべてが片付く。

「でもすごいなー。みんなでこんなことができるなんてー」

「ダークウェブのマイナーな仮想通貨だからできたことね。規模が大きくなるととてもこうはいかないと思うわ」

「そういう意味では鴻上先生の選択は間違ってたってことだなー」

「そうだな」

——どうだ、今度ばかりは俺が予想を上回ったぜ、鴻上。

俺は鴻上の顔を思い浮かべた。だが、どうしても悔しそうな表情を想像することができなかった。余裕のある笑みで、「さすがだね、鷹野クン」と言う姿しか浮かんでこなかった。

「……」

「どうしたの、祐？」

マト先輩が心配そうに俺の顔を覗き込む。

「……送金時刻」

「え？」

「そうだ、マト先輩。送金時刻はいつですか？」

「え、午後四時頃じゃないの？」

「それは俺たちが送金に気づいた時刻ですよね。決済されたのはいつですか？」

俺の言葉に顔を青ざめさせたマト先輩が慌ててＰＣを開く。

「……午後二時……二分」

「くそっ、やられた！」

「ちょっと、どういうことだタカノー？」

亜弥がおろおろと訊《たず》ねる。

「思っていたよりも期限が短かったんだ。あと一時間で追いつくんじゃ、ギリギリで間に合わないかもしれないってことだ」

「そんな……」

くそっ。

勝率は五分――俺が最初に言ったことだ。それは単なる運任せ、という意味ではない。鴻上は俺たちに手も足も出ないようなことを仕掛けているわけじゃない。けれども、楽にどうこうできるようなことでもないだろう。あの性格だと、俺たちが死力を尽くしてあらゆる手を考え、それを行動に移してやっと運任せの勝負になる、そんなレベルを「設定」

していたはずだ。

そして今、ギリギリってことは、ここまですべて鴻上の計算どおりということだ。

マト先輩も亜弥も、できうる限りのことをやってくれた。けれども、鴻上は二人の能力を完全に見切っている。鴻上の思いつかない何か――それがなければ鴻上を出し抜くことはできない。

なにがある？　鴻上の思いつかない、鴻上の知らないなにか――。

「そうだ、こんなことはできない？」

俺は思いついたアイディアを二人に話す。それを聞いたマト先輩は返事もせずにPCに向き直ると、ものすごい勢いでキーを叩き始めた。

「十五分……いや、十分あればスクリプトはいけるわ。サーバはそっちでなんとかして」

「おーけー、S3でスタティックウェブホスティングするー。こっちは五分でいけるよー」

亜弥ものんびりした口調と裏腹にマウスをかちかちし始める。

「でも祐、こっちはなんとかなるにしても人が集まらなきゃどうにもならないわよ」

「大丈夫、俺たちには切り札がいる」

モニタを見つめたままのマト先輩に答えると、俺は理乃を振り返った。

「な、なによ」

理乃はスマートフォンから目を離し、怪訝《けげん》そうに眉根《まゆね》を寄せた。

14

「ほんとにありがとうな、理乃」

俺は部室棟の空き教室の前で、引き戸に背を預けて座り込んでいた。廃部となった部室は、今では文化祭で使った雑多な大道具なんかが収められた物置と化している。

教室の中にいるはずの理乃の返事はない。ただ、衣擦《きぬず》れの音だけが聞こえる。

「協力してくれないかと思ったよ。なんか、マト先輩に納得してない感じだったしさ」

やっぱり返事はない。

「このお礼は絶対するから……うぉっ」

突然、引き戸ががらっと開いて、俺は真後ろに転がった。見上げると俺の顔をまたぐように理乃が立っていた。

「ちょ、ちょっ、おま、丸見……」

理乃は俺の言葉に躊躇《ためら》いもせず、引き戸をピシャリと閉めた。

理乃はブラウスを着ていなかった。俺に覆い被《かぶ》さるように四つん這《ば》いになると、フリルのついたブラから豊満な膨らみがこぼれそうになる。

「ちょ、ちょっと待て理乃」

右手で制止しつつ、ずりずりと後ずさる。

「どうしたんだよ、突然」

「お礼……してくれるんでしょ。前払いでちょうだい」

「お礼って、なんだよ」

　背中に引き戸がぶつかり、追い詰められた俺に理乃がまたがる。俺の両肩を摑《つか》むと鼻が当たるくらいまで顔を寄せた。

「好き、て言って」

理乃は俺の顔をじっと見つめる。なんで、そんなことを言う——？

いつもの冗談とは違う雰囲気に俺は言葉が出ない。心臓がバクバクいって、飛び出しそうだ。

「嘘でもいいから」

理乃は俺の手を握ると、自分の胸に押し当てようとした。それを俺が必死に抵抗する。

振りほどくのは簡単だけれど、そんなことはしたくなかった。

「触ってよ！　あたしが勝てるのはこれくらいしかないんだから！」

俺の右手を両手で摑み、泣きながら引っ張る理乃。俺はがばっと理乃の背中に手を回して抱きしめた。

「ごめん、理乃。それはできない」

「なんでよぉ……」

耳元で嗚咽《おえつ》が漏れる。しゃくりあげるように息を吸って、震える声で理乃が囁《ささや》く。

「マトっち先輩とは住む世界が違うんだよ、祐。付き合えない人のことを好きになっても自分が辛《つら》いだけだよ」

「……そうだな」

「だからあたしが付き合ってあげるわよ。こう見えて家事は得意だし、尽くすタイプなんだから」

「……ああ。いい奥さんになれると思うよ」

「祐、言ってくれたよね。あたしは幸せにならなきゃいけないって」

「……」

「どうして、祐はあたしを幸せにしてくれないの？」

「……ごめん」

理乃は俺の背中に回した腕に力をこめた。力を入れすぎて、ぷるぷるするくらいに。

時折、しゃくりあげるように背中が震える。耳に掛かる吐息が熱い。

「残念ね、祐。せっかく、アイドルの彼女ができるチャンスだったのに」

「……そうだな。でも俺は」

理乃は俺を突き飛ばすように離れると背中を向けた。

「あたしだってちゃんと借りは返す女なんだからね。ほらっ、さっさと出てって」

俺は教室を出て、後ろ手で引き戸を閉めた。

15

『理乃チャンネルを見てるみんなー！　直前の告知でごめんねー！』

ＰＣのモニタには動画サイトが映し出されている。その中央にはアニメのコスプレのようなセーラー服を着た理乃がいた。

『今日はみんなにお願いがあります！　今日のゲリラライブは、下のリンクのページから見てください！　そのページにはコインマイニングっていうプログラムが入ってるんだけれど、それを自分のところで動かしてもいいよ、て人はＯＫボタンを押してください！もちろん、押さなくてもライブは見られるけど、友達を助けるため、できればお願いしまあす！』

俺たちのすぐ横、コンピュータ部部室の一角では理乃がスマートフォンに向かって立っている。

──友達助けるってどういうこと？

──理乃たんも仮想通貨に手を出したか。

──おおおおお、理乃たん顔出し！

さまざまなメッセージが動画の上を流れていく。

俺がマト先輩に依頼したのは、ブラウザで動くビターコインアプリだった。マト先輩は利用者に無断で設置したことで逮捕された人がいるから、と言って、利用者に許可をとること、プログラムを動かさなくても動画が見られることを設置の条件とした。その結果、プログラムを動かす人は全体の五割程度にしかならなかった。だが、それでも踊り手として注目を集めていた理乃のライブ視聴者はあっという間に二千人を超えた。「どうせいつかは出すんだから」と、はじめてその素顔をネットに公開したこともその視聴数を押し上げる原因になったようだ。

「速度比七八〇パーセント……七九〇パーセント……予想到達時刻まで二十分切ったー！」

『じゃあ、リクエストあったらコメントしてね！』

流れる汗にも構わず、理乃が声を張り上げた。

16

『アテンションプリーズ、エイ・エヌ・エー、フライトシックス、シックス――』

俺たちのＲｅＯｒｇが成功した次の日。

成田空港の出発ロビーで俺は白いＴシャツにブラウンのサマーニットカーディガンを羽織った鴻上を見つけた。腕時計に目を落としては、案内板を見上げている。

「マト先輩は来ないよ」

俺は鴻上に近づくと、努めてあっさりと言った。

「やあ、鷹野クン」

鴻上は顔を上げ、爽《さわ》やかに笑いかける。

「君たちのおかげでビターコイン界隈《かいわい》は大騒ぎだ。高校生を侮っていたかな」

「あんたが侮っていたのは高校生じゃなくて俺、じゃないかな」

「心外だな。僕は鷹野クンを評価こそすれ、侮ってはいないと思うけど」

「ずっと違和感があったんだ」

鴻上が「ん？」と訊《き》き返す。

「ダークウェブでしか取引されない規模の小さな仮想通貨を選んだこともそうだし、そして昨日はいつもと比べると極端にビターコインの取引が少なかったこともそうだ」

「へえ、取引がねえ」

鴻上がとぼける。

「同じようなケースが過去になかったか調べてみたんだ。そしたら、アメリカ司法省がダークウェブ最大のマーケットを潰《テイクダウン》したときの動きと同じだった。おそらく昨日、同じようなテイクダウンが行われたんだろう。そのあおりを受けて取引所も潰され、俺たちのReOrgはうやむやになった」

「――参ったね。鷹野クンをOSINT《オシント》の名手と言ったのはただのリップサービスのつもりだったんだけど」

「振り返ってみればあんたは俺たちに道筋を示していた。俺たちがとった行動は、契約金を返金することができる唯一の解法《ソリューション》だった。はじめから正解が用意されていたんだ」

買いかぶりすぎさ、と鴻上は肩をすくめる。

「鴻上さん――あんた、本当はマト先輩をサイバー軍需産業なんかに引き込みたくなかったんじゃないか？」

「……どうしてそう思うんだい？」

「知りたいのか？」

珍しく鴻上は口ごもった。肩をすくめると「嫌な野郎だな、お前は」と言って笑った。

鴻上のタメ口に俺も嬉《うれ》しくなって笑った。いいヤツだな、ちくしょう。

「アンジェリカ・セキュリティ・リサーチ社は今回のために作った会社なんだろ？　そして、今回の一千万ドルの契約金は本当はゼロリウムとアンジェリカ・セキュリティ・リサーチ社との間の契約金だったんじゃないか？」

それだけ言えば伝わるはずだ。鴻上はまいった、というように両手を挙げた。

「お前の勝ちだよ、鷹野。負けを認めるついでに教えてくれ。僕の計算ではＲｅＯｒｇができてもギリギリになるはずだった。なぜあんなに早くできた？」

「マイニングスクリプトだよ。西村理乃に踊ってもらった」

「ああ、あのちっちゃな……。そうか、彼女が切り札だったか」

「あんたは理乃のことを知らないからね」

「なるほど――たしかに、僕はお前を侮っていたようだ。でも――」

鴻上はニヤリと笑って顎《あご》を上げた。

「マトは来ないんじゃなかったっけ？」

振り返るとそこには眼鏡をかけたマト先輩がいた。ワンピースチュニックにアンクル丈のスキニージーンズ――鴻上の見立てで買ったと思われる服装だった。スーツケースを持ってないことに安堵《あんど》する。

「来ないって言ってたじゃないですか」

「祐だって」

俺たちのやりとりを聞いて鴻上は可笑《おか》しそうに笑った。

「それで、マト。見たところ荷物がないようだけれど、どうするつもりだい？」

「あなたは私に武器を与えてくれた。そのおかげで私は地獄から抜け出すことができたし、あなたにパートナーになってほしいと言ってもらえた。でも……もし、私がその武器を持っていなかったらどうかしら」

「誘わないね」

俺ははっとして鴻上を見た。鴻上は「余計なことは言うな」と、俺にだけ分かるくらいの目配せをする。

鴻上がマト先輩を誘わないのは当然だ。マト先輩がその武器を持っていなかったら、鴻上はマト先輩を保護する必要がないからだ。

鴻上はゼロリウムとの取引で、自分が見つけた商品《エクスプロイト》をいくつもマト先輩に潰されている。師弟関係にある二人だから、考え方やクセのようなものが似ているんだろう。そして、サイバー兵器とはいえ、ゼロリウムも死の商人、荒事には慣れている。このままの状況が続くとマト先輩に危険が及ぶ可能性があった。

だから、鴻上はアンジェリカ・セキュリティ・リサーチ社を立ち上げ、ゼロリウムとの専属契約にこぎつけた。マト先輩によるゼロリウムの損失を肩代わりするために。そうすることで、今まで心ならずもゼロリウムVSマト先輩、となっていた図式をアンジェリカ・セキュリティ・リサーチ社VSマト先輩、という形に変えた。そうやってマト先輩を守ろうとした。そして、マト先輩の良心の痛みを少しでも和らげるために、鴻上に負けたから、仕方なく渡米するという逃げ道を用意した。

そのことをマト先輩は知らない。そして、鴻上もそのことを言うつもりはなさそうだ。かっこいい大人だよ、ちくしょう。

「祐。まだ返事してなかったわね」

マト先輩は俺の方を向き直って言った。

「バカで年上で、付き合うって言ってもなにするかよく分かってない世間知らずな私だけど、付き合ってください」

頭を下げるマト先輩の後ろで、鴻上がにやにやと音を立てずに拍手をしているのが見えた。茶化しやがって。

「お、俺の方こそよろしく」

頭を上げたマト先輩はほっとしたような、幸せそうな笑みを浮かべて鴻上を振り返った。

私は大丈夫だから、心配しないで――。

そんな心の言葉が聞こえるようだった。

「付き合ってやることと言えばな……」

鴻上がぼそぼそ、とマト先輩に耳打ちする。ボンッ、という音が聞こえるくらいの勢いでマト先輩の顔が赤くなった。何を言ったんだか。

「じゃあ鷹野、マトを頼むよ。君たちは世界随一のサイバー軍需企業を敵に回したんだ。これから茨《いばら》の道が待っていることだけは忘れるなよ」

「今の俺ではまだ何もできない。でも、追いついてみせるさ。それに、俺たちには仲間がいる。マト先輩や亜弥、それに――あんたたちの売り物《ゼロデイ・エクスプロイト》を台無しにしてしまう仲間たちが世界中にね」

鴻上に感謝はしても同情はしない。それが対等な関係というもんだ。

「やりたいことが見つかったようで何よりだよ」

こんなときまで教師のようなことを言う。悔しいけれど、鴻上は教師としては一流だと認めざるを得ない。ずっと自分のしたいことが分からなかったのに、今の俺の前にははっきりとした道が見えていた。

「この仕事を廃業することになったら、そのときは僕も仲間に入れてもらうよ。ま、しばらくは借金を返さなきゃいけないんでね」

マト先輩の契約金の一千万ドルはダークウェブの挟間《はざま》に消えていった。マト先輩は契約金を受け取らなかったことになっているけれども、鴻上の手元から一千万ドルがなくなっている事実は変わらない。それはきっと、ゼロリウムからアンジェリカ・セキュリティ・リサーチ社に独占契約金として支払われたもので、鴻上は今後数年間はただ働きを強いられることだろう。

鴻上はサングラスをかけると、手を振って去って行った。

17

「これからどうする、祐？」

展望デッキから鴻上の乗った飛行機を見送っていたマト先輩は振り返って言った。

「マト先輩、いろいろやることあるんじゃないですか？　退学手続きの取り消しとか、新しい家探しとか」

「そうだけど……」

マト先輩は珍しくもじもじと言葉を濁す。

「なんか食べていきます？　おごりますよ」

「えっ……あ、うん！」

俺の後をたた、と付いてくるマト先輩。

「あ、でも……それってやっぱりその、するんだよね。私たち、付き合ってるんだから……

…」

「す、するって……なにを？」

焦って訊き返す俺の袖口《そでぐち》を摑んで、恥ずかしそうにマト先輩が言う。

「その、あーんって」

「さっき鴻上になに吹き込まれた!?」

空には一筋の飛行機雲がどこまでも伸びていた。

あとがき

本書はＪＮＳＡ（特定非営利活動法人　日本ネットワークセキュリティ協会）主催でカクヨムにて行われました、サイバーセキュリティ小説コンテストの大賞受賞作を改稿したものです。

ツッコまれる前に言っておきますが、この作品の元のタイトルは

目つきの悪い女が眼鏡をかけたら美少女だった件

だったのです。今、表紙をもう一度見直した方。間違ってませんので、安心してください。ヒロインはカバー絵のとおり美少女です。

この作品は多くの方々の力で完成しました。

応募作のタイトルをつけてくれた、アイティメディア　ＰＣ　ＵＳＥＲ編集長Ｇ様、そし

てｔｏｓｈｉｙｏ―ｆ様、東埜《ひがしの》様。カクヨム連載の早い時期から応援してくれたおかげで、心折れることなく書き終えることができました。

サイバーミステリを書くきっかけを作ってくれた一田和樹《いちだかずき》さん、ライトノベルの何たるかを教えてくれたカミツキレイニー先生と竹林七草《たけばやしななくさ》先生。「まず冒頭でドラゴンをコンビニの二階に着地させるんだ。すごくない？　グギャアアッ、グギャアア（人の話を聞かずに咆《ほ》え続ける）」というカミツキ先生のアドバイスを活《い》かすことはできませんでしたが。

編集の神戸《かんべ》様。サイバーセキュリティ小説として誕生した本作を、ラブコメライトノベルとして世に出すために、いろいろご尽力いただきました。ワナビだった自分にとって、自作を読み込んだ指摘をいただくことは至上の喜びでした。

素敵なイラストを描いてくださった西沢《にしざわ》5ミリ先生。マトのデザイン画を見たときの衝撃は忘れられません。「こんな美少女の可愛いところがもっと見たい！」と、原稿が進む進む。よくラノベは絵師で決まる、と言われますが、素敵なイラストが付くと著者が惚《ほ》れこんで原稿が良くなるから、というのもあるのかもしれません。

カクヨム編集部、コンテスト選考委員の皆さま。カテエラとしか思えないようなタイトルにも関わらず、評価していただきました。説明会の開催など、応募者に対するケアがものすごく厚く、ご苦労も多かったと思います。

　そして本編のヒロイン、衣川《ころもがわ》マトのモデルとなった日本が誇るバウンティハンター、キヌガワマサト様。キヌガワ様の存在なくして本作は生まれませんでした。書籍化にあたっては名前の使用を快く承諾してくださいました。その際には徳丸浩《とくまるひろし》様にご尽力いただきました。

　そして、この本を手に取ってくださったあなた。

　皆さま、本当にありがとうございます。

　本書を読んだラノベ好きの方が「サイバーセキュリティって面白そう」と思っていただければ、サイバーセキュリティ関係者が「ラノベもなかなか面白いな」と思っていただければ著者冥利《みょうり》につきます。

瓜生聖《うりゅうせい》

本書は、２０１８年にカクヨムで実施された「サイバーセキュリティ小説コンテスト」で大賞を受賞した「目つきの悪い女が眼鏡をかけたら美少女だった件」を加筆修正したものです。

噂《うわさ》の学園一《がくえんいち》美《び》少女《しょうじょ》な先輩《せんぱい》がモブの俺《おれ》に惚《ほ》れてるって、これなんのバグですか？

著　瓜生聖《うりゅうせい》

角川スニーカー文庫　21587

2019年5月1日　初版発行

発行者　三坂泰二

発　行　株式会社KADOKAWA
〒102-8177 東京都千代田区富士見2-13-3
電話　0570-002-301（ナビダイヤル）

印刷所　株式会社暁印刷
製本所　株式会社ビルディング・ブックセンター

KADOKAWA　カスタマーサポート
[電話] 0570-002-301（土日祝日を除く11時～13時、14時～17時）
[WEB] https://www.kadokawa.co.jp/（「お問い合わせ」へお進みください）
※製造不良品につきましては上記窓口にて承ります。
※記述・収録内容を超えるご質問にはお答えできない場合があります。
※サポートは日本国内に限らせていただきます。

Printed in Japan　ISBN 978-4-04-108253-9　C0193

★ご意見、ご感想をお送りください★
〒102-8078 東京都千代田区富士見 1-8-19
株式会社KADOKAWA　角川スニーカー文庫編集部気付
「瓜生聖」先生
「西沢5ミリ」先生

[スニーカー文庫公式サイト] ザ・スニーカーWEB　https://sneakerbunko.jp/

角川文庫発刊に際して

角川源義

第二次世界大戦の敗北は、軍事力の敗北であった以上に、私たちの若い文化力の敗退であった。私たちの文化が戦争に対して如何に無力であり、単なるあだ花に過ぎなかったかを、私たちは身を以て体験し痛感した。西洋近代文化の摂取にとって、明治以後八十年の歳月は決して短かすぎたとは言えない。にもかかわらず、近代文化の伝統を確立し、自由な批判と柔軟な良識に富む文化層として自らを形成することに私たちは失敗して来た。そしてこれは、各層への文化の普及滲透を任務とする出版人の責任でもあった。

一九四五年以来、私たちは再び振出しに戻り、第一歩から踏み出すことを余儀なくされた。これは大きな不幸ではあるが、反面、これまでの混沌・未熟・歪曲の中にあった我が国の文化に秩序と確たる基礎を齎らすためには絶好の機会でもある。角川書店は、このような祖国の文化的危機にあたり、微力をも顧みず再建の礎石たるべき抱負と決意とをもって出発したが、ここに創立以来の念願を果すべく角川文庫を発刊する。これまで刊行されたあらゆる全集叢書文庫類の長所と短所とを検討し、古今東西の不朽の典籍を、良心的編集のもとに、廉価に、そして書架にふさわしい美本として、多くのひとびとに提供しようとする。しかし私たちは徒らに百科全書的な知識のジレッタントを作ることを目的とせず、あくまで祖国の文化に秩序と再建への道を示し、この文庫を角川書店の栄ある事業として、今後永久に継続発展せしめ、学芸と教養との殿堂として大成せんことを期したい。多くの読書子の愛情ある忠言と支持とによって、この希望と抱負とを完遂せしめられんことを願う。

一九四九年五月三日

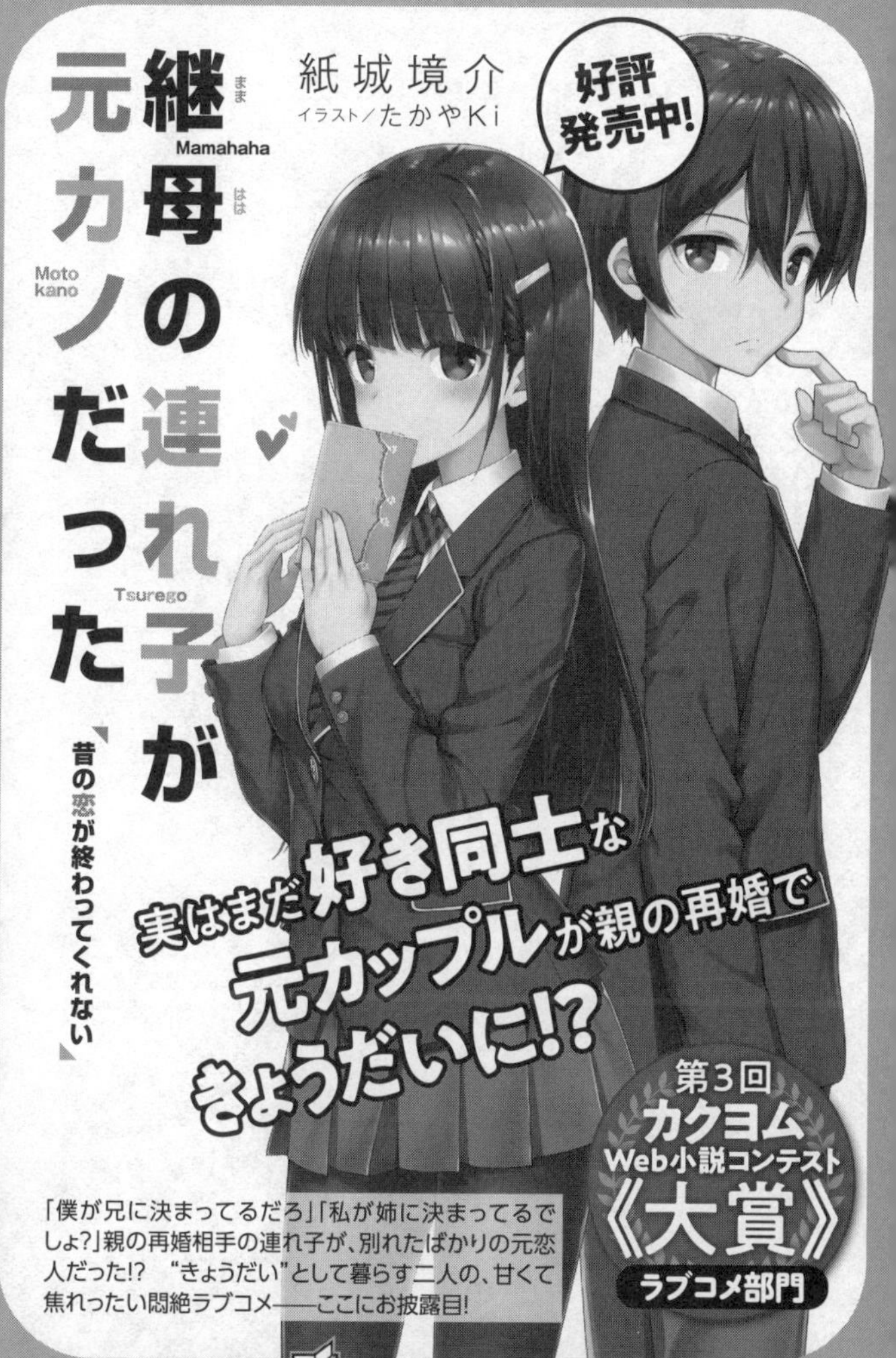

継《まま》母《はは》の連れ子が元カノだった
Mamahaha
Motokano
Tsurego
「昔の恋が終わってくれない」
紙城境介
イラスト／たかやKi
好評発売中!
実はまだ好き同士な元カップルが親の再婚できょうだいに!?
第3回
カクヨム
Web小説コンテスト
《大賞》
ラブコメ部門
「僕が兄に決まってるだろ」「私が姉に決まってるでしょ?」親の再婚相手の連れ子が、別れたばかりの元恋人だった!? “きょうだい”として暮らす二人の、甘くて焦れったい悶絶ラブコメ——ここにお披露目!
スニーカー文庫

WEB発、
サラリーマン×JKの
同居ラブコメディ。
しめさば
イラスト／ぶーた
ひげを剃る。そして女子高生を拾う。
好評発売中！
5年片想いした相手にバッサリ振られた冴えないサラリーマンの吉田。ヤケ酒の帰り道、路上に蹲る女子高生を見つけて――「ヤらせてあげるから泊めて」家出女子高生と、2人きり。秘密の同居生活が始まる。
スニーカー文庫

戦闘員、派遣します!
戦闘員、派遣します!
暁なつめ
NATSUME AKATSUKI
ILLUSTRATION
カカオ・ランタン
KAKAO LANTHANUM
好評発売中!
「このすば」暁なつめが贈る、
変態ヒロインとクズ戦闘員の
世界侵略コメディ!
世界征服を目前にし、更なる侵略地への先兵として派遣された戦闘員六号の行動に『秘密結社キサラギ』の幹部達は頭を悩ませていた。侵略先の神事の言葉を『おちんち○祭』と変更するなど、数々のクズ発言。さらには自らの評価が低いと主張、賃上げを要求する始末。しかし、人類と思しき種族が今まさに魔王軍を名乗る同業者に滅ぼされると伝えられ——。「世界に悪の組織は2つもいらねぇんだよ!」現代兵器を駆使し、新世界進撃がはじまる!!
スニーカー文庫

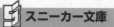

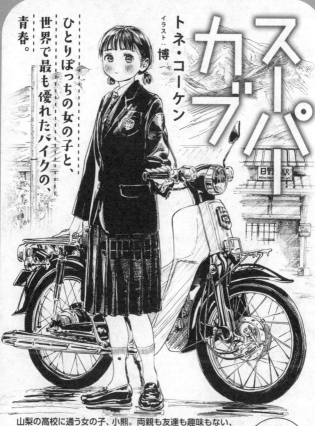